读者丛书
DUZHE CONGSHU
中华传统美德读本

向心中热爱前进

读者丛书编辑组 / 编

读者出版传媒股份有限公司
甘肃人民出版社
甘肃·兰州

图书在版编目（CIP）数据

向心中热爱前进 / 读者丛书编辑组编. -- 兰州：甘肃人民出版社，2023.11
ISBN 978-7-226-05966-1

Ⅰ．①向… Ⅱ．①读… Ⅲ．①散文集－中国－当代 Ⅳ．①I267

中国国家版本馆CIP数据核字(2023)第123368号

出 版 人：梁朝阳
总 策 划：梁朝阳　马永强　李树军
项目统筹：宁　恢　原彦平
策划编辑：高茂林
责任编辑：李依璇
助理编辑：果　欣
封面设计：裴媛媛

向心中热爱前进

读者丛书编辑组　编

甘肃人民出版社出版发行

（730030　兰州市读者大道568号）

北京温林源印刷有限公司印刷

开本 710毫米×1000毫米　1/16　印张 16.25　插页 2　字数 205 千
2023 年 11 月第 1 版　2023 年 11 月第 1 次印刷
印数：1~5 000

ISBN 978－7－226－05966－1　　　定价：39.00元

目 录
CONTENTS

001 唐寅四梦 / 王秉良

008 沈寿：让张謇相望一生的"绣圣" / 刘知依

015 光影与生命交织 / 孙正好

025 不要对不起你奶奶 / 罗　尔

031 世界上最困苦的艺术学院 / 胡松涛

035 最大限度地逼近真实 / 毕淑敏

038 刑场上的婚礼 / 余驰疆

042 寻找陈延年 / 闫　晗

045 碧血丹心 / 永　宁

048 鲁迅的牙齿 / 李丹崖

051 老人叶圣陶 / 马未都

056 我们有一身坚硬的骨头 / 张达明

058 他写出了中国第一首小提琴曲 / 陈　琛

060 许先生 / 路　明

063 深潜人生 / 张永胜　田清宏

069 一生"诗舟"播美，百岁仍是少年 / 史竞男

075 禾下长梦 / 摩登中产

081 被石油点燃的激情岁月 / 肖　瑶
090 驾机穿越蘑菇云的英雄 / 关　切
094 院士的爱情 / 酷玩实验室编辑部
100 高墙深院里的科学大腕 / 萨　苏
106 "驯服"炸药的人 / 田　亮
110 我的"外公"俞平伯 / 张贤亮
114 让小提琴说中国话 / 崔　隽
121 寻找"国漫之父" / 张星云
128 一辈子在"较劲" / 赵　絪
132 用青春铸造"生物盾牌" / 牙谷牙狗
140 航天人的薪火传承 / 巴九灵
145 简单相信，傻傻坚持
　　　　/ 樊锦诗 / 口述　顾春芳 / 撰文
149 我爱你，正如深爱莫高窟 / 敦煌研究院
154 以星星的名义作答 / 肖　睿
160 张进：航向理想国的英雄之旅 / 张继伟
172 我是怎么拍《觉醒年代》的 / 张永新
178 人群中的马友友 / 李斐然
188 承载与担当 / 木　蹊
194 一心只做追月人 / 余驰疆　陈佳莉
200 芳华无悔
　　　　/ 徐海涛　屈　辰　何　伟　农冠斌
　　　　　卢羡婷　朱丽莉
207 和平年代的守护神 / 霹雳蓝
213 记录冰川消融的人 / 刘雪妍
220 珠峰队长 / 沈杰群

226 音符飘过马兰花／王霜霜

233 妈妈老师／侯拥华

235 乘风破浪的"韩船长"／张博令

240 她在边境刻"中国"／雷册渊

245 寻纸记／周华诚

253 致谢

唐寅四梦

王秉良

浪漫的唐寅，一生喜欢做梦。他曾千里迢迢，跑到福建仙游的祈梦圣地九鲤湖，祈求神仙给他一个启示命运的梦。他还真的梦到了，梦里，有人赠给他一担墨锭。后来，他在自己的桃花坞里修了一座亭子，就叫"梦墨亭"，还请好友祝枝山专门写了一篇《梦墨亭记》。他的一生，好像注定与笔墨结缘，直到把那一担墨用尽了才离去。

壹 桐阴

杜甫说："文章憎命达，魑魅喜人过。"笔墨让唐寅名声大振，赋予了他生命的意义，却没能让他的人生顺风顺水，他54年的生命旅程，也像一场梦。

《桐阴清梦图》里，一株亭亭如盖的梧桐树下，一位士人躺在醉翁椅上酣然睡去。他的睡相，很像宋代佚名画家《槐荫消夏图》里的人物。不同的是，《槐荫消夏图》里的高士是睡在槐荫下，卧具是一张卧榻。

桐树下和槐树下，做的梦是不一样的。

唐寅在画上题诗说："十里桐阴覆紫苔，先生闲试醉眠来。此生已谢功名念，清梦应无到古槐。"

梧桐是高洁的凤凰栖息的树；而槐树，象征着功名富贵。《周礼·秋官》记载，周代的朝堂宫院内，栽有三棵槐树，"面三槐，三公位焉"，太师、太傅、太保这"三公"上朝时，就站在槐树下面。《宋史·王旦传》记载："旦父祐手植三槐于庭，曰：'吾之后必有为三公者。'"后来他的子孙真的出了"三公"，我们老王家也有许多地方的祠堂就叫"三槐堂"。明代汤显祖的名剧《南柯梦》里，主人公淳于棼醉梦中到了"大槐安国"，娶了金枝公主，被封做南柯郡太守，20年间享尽荣华，生了五子二女。后来"檀萝"国入侵，淳于棼兵败，金枝公主染病身亡，国君罢免了他，让紫衣使者把他送出了梦境。醒来他才发现，梦里的"大槐安国"，就是院内大槐树下的蚂蚁洞。

唐寅16岁考取秀才第一名，少年成名。24岁到25岁间，却遭逢父母、妻儿、妹妹5位亲人接连亡故，原本幸福和美的小家庭，只剩下他和弟弟两个人，形影相吊，该是怎样的锥心之痛。他29岁中了南京解元，一下子又成了江南最亮的星。"槐花黄，举子忙"，第二年，唐寅雄心勃勃地赴京参加会试，满指望一举成名天下知，却不想被卷入了科场舞弊案，终身失去了仕途进取的机会。落寞地回到家后，家里的仆人都对他爱答不理，续娶的妻子更是冷言恶语，白眼相对，连家里养的狗，都对着他龇牙狂吠。声名赫赫的"江南第一才子"，突然就成了大明朝的弃儿。巨大的心理阴影，让唐寅久久不能自拔。20年后，他还做了一个重新走进考场的梦，他写道：

二十年余别帝乡，夜来忽梦下科场。
鸡虫得失心尤悸，笔砚飘零业已荒。
自分已无三品料，若为空惹一番忙。
钟声敲破邯郸景，仍旧残灯照半床。

实现不了槐荫下的梦，他就把醉翁椅搬到了梧桐树下，做一个轻风梧叶的清梦或者尝试着不再做梦。

贰　沧洲

功名无份，也就没有别的选择，只能做草泽间的隐士。唐寅也曾尝试着寻找显扬的机会，45岁时，应邀到宁王朱宸濠府内去做了幕僚，可是却发现自己上了贼船，宁王四处招揽人才，竟然在蓄意谋反。他用祖露私处、故作狂怪的乖张行为，来引起宁王的嫌弃，才得以逃出狼窝，从此也彻底断了"进取"的念头。

于是，他从屈原《渔父》篇内，从张志和《渔歌子》诗里，从吴镇的画中请来了"渔父"，安排到他的沧洲间、苇渚内、渔船上，喝醉了酒，做一番水光月色的梦。

他的《苇渚醉渔图》上，水天茫茫，一轮明月之下，浅水洲渚间芦苇丛生，一只篷船停泊在岸边，蓑衣挂在船头插着的竹篙上，渔父在篷船内倒头大睡。画上题诗："插篙苇渚系舴艋，三更月上当篙顶。老渔烂醉唤不醒，起来霜印蓑衣影。"他还写过另一首题画诗，和这一首异曲同工："秋老芙蓉一夜霜，月光潋滟荡湖光。渔翁稳作船头睡，梦入鲛宫自渺茫。"

唐寅在姑苏城北的桃花坞买地，建起了自己的桃花庵，和渔父做起了邻居。他的《花溪渔隐图》写道："湖上桃花坞，扁舟信往还。浦中浮乳鸭，木杪屾平山。"

庭院内的半亩空地上，还种了一片牡丹花，花开的时候，他就请好朋友文徵明、祝枝山在花前喝酒赋诗。有时又有莫名的悲戚和怨愤涌上心头，他就大声呼叫、痛哭流涕。花落的时候，他让仆人把花瓣仔仔细细捡起来，装在锦囊里，再把她们葬在花栏的东畔，吟咏出一首首《落花诗》送别花魂。

他葬花哭花，是自伤身世，终究意难平吗？还是对幻梦般的人生发泄着深沉的悲叹？

儒者的"三不朽"，立德、立功，对他来说都已经成了泡影，也只剩下"立言"还能去做了。他给文徵明写信说："男子阖棺事始定，视吾舌存否也？仆素佚侠，不能及德，欲振谋策操低昂，功且废矣。若不托笔札以自见，将何成哉？"

身在沧洲，他还有自己的追求。借渔父做梦，梦里还到了鲛人所居的宫殿，迷离惝恍。

叁 蕉叶

唐寅风流的名声不亚于他的才名，可是男扮女装追到八个老婆以及三笑点秋香那些韵事，都是子虚乌有的小说家言。无风不起浪，谁让他那样多情而浪漫呢？

他爱美人、画美人、吟咏美人，也把美人看成世间最美好的存在。他早年画的《蕉叶睡女图》，又名《睡美人图》，画面多么美好啊。

一个美丽的少女，侧卧在一柄硕大的芭蕉叶上，她以手托腮，静静地做着幽梦。她的面庞是那样秀逸可人，眉眼是那样娴静娟好。

唐寅只在画上落下了自己的名字，仿佛再写什么都是多余。但是他的朋友王宠在卷后写了一首诗："小小金莲步玉苔，晚晴闲过玉阶来。芳心不比蕉心卷，未向风前一展开。"

少女的芳心如同蕉心，正是春情萌动，丁香偷结的美妙年华。文徵明的儿子文彭也在卷后写了一首《苏幕遮》，词中写道："柳绵飞，蕉心卷，绿暗红稀，又是韶光换。""欲教梦向高唐巘（yǎn），云水茫茫，何处寻得见。"

好花易谢，春光易老。怀春少女的梦里，一定是旖旎的、缱绻的，也是婉转的、忧伤的，就像那被诗人们吟咏过无数次的"蕉心"一样，待要舒展，还要深藏。

"窗前谁种芭蕉树？阴满中庭。阴满中庭，叶叶心心，舒卷有余情"（李清照《添字采桑子》句）。身下的蕉叶舒展着，心头的情事隐秘着。她的梦里，心事能够打开吗？

世人都说唐寅风流，文徵明晚上登楼赏月，想起他的时候，写诗还在问："人语渐微孤笛起，玉郎何处拥婵娟？"可是，唐寅也有自己深藏的蕉心。他的第一任妻子徐氏去世后，有一天他突然追忆起妻子的好，伤心地写道：

凄凄白雾零，百卉谢芬芳。
槿花易衰歇，桂枝就消亡。
迷途无往驾，款款何从将。
晓月丽尘梁，白日照春阳。

抚景念畴昔，肝裂魂飘扬。

这位早逝的女子连名字也没有留下，但从唐寅痛彻心扉的表白中，我们能感知到她的美好。第二任妻子在唐寅从京城落魄还乡后不久，就离开了他。大约在36岁左右，他迎来了第三段婚姻。他不顾亲友的反对，迎娶了青楼女子沈九娘。在桃花坞里，唐寅卖画为生，沈九娘和他琴瑟和鸣，日子过得恬淡而美好，九娘还生了一个女儿，取名"桃笙"。可是短短几年后，37岁的沈九娘也不幸谢世。想来唐寅此后的梦里，只有雨打芭蕉，点点滴滴，道不尽的凄清。

肆　飞仙

桃花坞里，种满了桃花，唐寅把自己比作桃花仙人。"酒醒只在花前坐，酒醉还来花下眠"，自诩在酒盏花枝之间沉醉，比那些五陵豪杰活得快意多了。世人也都认为他就是李白一样的"谪仙人"，过的是神仙日子。可是他穷困潦倒时，家里断炊的境况又有谁知道呢？他写诗自况道：漫劳海内传名字，谁信腰间没酒钱？

唐寅给友人汪东原画过一幅《梦仙草堂图》。画面左虚右实，右边是苍松、修竹掩映的山间草堂，一文士伏案而眠。左边是烟云空蒙的远山，虚空之中，漂浮着文士梦中的自我，他长袖飘飘，摆脱了重力，脚下也没有哪怕一点云彩作为凭借，就那么毫无依托地当空而立。

这也是唐寅的梦。他晚年自号"六如居士"，取自《金刚经》中警句："一切有为法，如梦幻泡影，如露亦如电，应作如是观。"他在《醉时歌》里写道："翻身跳出断肠坑，生灭灭今寂灭乐。"经历了命运的无常，他渴望着得到救赎和解脱。

37岁时,唐寅又一次到九鲤湖去祈梦。梦里,有人指着"中吕"两个大字给他看,这次的梦境比上次难解多了,就像一个无法参破的哑谜。

54岁那年,他到山中去探访朋友王鏊,看到墙上挂着苏东坡写的一首《满庭芳》,词下写有"中吕"两个字。他心头一惊,赶紧对这首词仔细参详。当他读到"百年强半,来日苦无多"这一句时,觉得自己终于知道了答案,于是默然地回家了。这年的阴历十二月初二日,唐寅病故。临终前取了一幅绢,写下了最后的诗句,放下笔,就与世长辞了。诗云:

> 生在阳间有散场,
>
> 死归地府又何妨。
>
> 阳间地府俱相似,
>
> 只当漂流在异乡。

唐寅梦一样的人生,不是幻灭的,也不是虚无的。他脍炙人口的诗歌,他清俊秀逸的书画,都惊艳着一代一代的后人,他在笔墨丹青间活着,是永远的"桃花仙人"。

人,终究还是要有梦的。

(摘自《读者》2023年第6期)

沈寿：让张謇相望一生的"绣圣"

刘知依

1921年，一代"绣圣"沈寿在江苏南通病逝，年仅47岁。

清末状元、近代著名实业家张謇为沈寿操持后事，沈寿葬礼的每一个细节，张謇都要亲自过问。相比于张謇，沈寿的丈夫余觉反而像一个外人。余觉跑到上海向新闻记者诉苦，说张謇对他的夫人沈寿不怀好意，余觉还用了"霸葬"一词。

而那个早已被葬入黄土的"绣圣"沈寿，她到底属意何人？

1874年，沈寿出生于江苏吴县的书香门第，原名沈云芝，字雪君，晚号雪宧，绣斋名为"天香阁"。沈云芝8岁学刺绣，十五六岁时已经在苏州小有名气。

沈云芝的丈夫余觉，浙江举人，擅长书画，热爱刺绣，是一个儒雅的公子哥儿。

余觉在15岁时对沈云芝一见钟情,托熟人给沈云芝送去诗作和香囊。沈云芝从小沉浸在刺绣之中,余觉的追求让她渐渐沦陷,两个人婚后也度过了一段短暂的甜蜜时光。沈云芝的绣品题材转向文人书画,就是因为受到丈夫的启发。

沈云芝脚踏实地、志存高远,想要在技艺上精益求精,为此每日苦练;而余觉喜欢漫无边际的空谈,以"姑苏才子"自称,讲究名士派头,常常和文人墨客吃喝、唱酬,所有的家庭琐事都交给沈云芝打理。

1904年,余觉在朋友的引荐下,向慈禧太后献上寿礼《八仙上寿图》。慈禧非常喜欢,赐给他们夫妇"福""寿"两个字,沈云芝改名为沈寿。余觉趁热打铁,向慈禧太后提议让沈寿去北京教绣女,慈禧太后便令商部设立女子绣工科,让沈寿担任总教习。

从此,沈寿的绣技全国闻名,余觉在官场上顺风顺水。只不过出名是要付出代价的,那年沈寿已经30岁了,婚后10年才怀上第一胎,为了赶制慈禧太后的寿礼,她因过度操劳而小产,从此终身不孕。

沈寿和余觉其实是相互成全的。没有沈寿,余觉可能一辈子都找不到出人头地的机会;没有余觉,沈寿会成为一名优秀的绣娘,却很难完成自我的突破。

余觉对沈寿刺绣的另一个重要影响,就是带领她接触日本的刺绣手法和西方的绘画艺术。在继承中国传统绣艺的基础之上,沈寿又吸收了素描、水彩、油画、摄影等艺术表现技巧,还特别注重光和影的对比处理,创造了仿真绣,并获得国际认可。

张謇和沈寿初识于1910年。在江宁举办的"南洋劝业会"(中国举办的第一次世界博览会)上,张謇是总评审官,沈寿为绣品审查官。张謇知识渊博、待人谦逊,沈寿绣技高超、为人正派,两个人短暂相谈后就成为挚友。之后，张謇还邀请沈寿夫妇前往南通培养绣女，但他们没有答应。

辛亥革命后，绣工科解散，余觉和沈寿没有了生活来源，就想起张謇当年的邀请。张謇当时正想要发展刺绣事业，与余觉夫妇一拍即合，便在南通建立了传习所，收徒传艺。

余觉和沈寿夫妇一个会画、一个会绣，在外人看来是珠联璧合的一对，其实他们的婚姻已经出现裂痕。到北京后，中了举人的余觉执着于传宗接代，在妻子病重期间，还时时抱怨沈寿不能生育，并以此为理由公然纳妾，一下子娶了两房姨太太。

生性好强的沈寿接受不了丈夫的移情别恋，常常和余觉发生争吵。1914年，他们搬到南通后，沈寿对婚姻已不抱希望，而专心研究刺绣，将所有精力都用在传授技艺上。

1915年，沈寿前往旧金山参加巴拿马万国博览会，以一幅精妙绝伦的刺绣作品《耶稣像》获得了一等金质大奖。不少美国富豪出高价要买沈寿的作品，张謇直接回绝："此乃国宝，只展不卖！"

《耶稣像》被收藏于传习所，沈寿感激张謇将它带回国，感慨"先生知我心"。余觉因此和沈寿大吵一架，因为将《耶稣像》带回就等于失去了一大笔财富。这次争吵后，余觉就将发妻置之脑后，沈寿积郁已久，引发了肝病。

余觉养着两房姨太太，却以张謇长期安排他出差为由，不在南通购置房产，沈寿因此一直住在女子师范学校的宿舍，一住就是3年。后来，还是张謇看不过去，让人重新修葺校舍。

自从1908年夫人徐氏病逝后，张謇一直独居，和几房妾室也渐渐疏离，家中的一切都交由后来被扶正的吴夫人打理。

听说沈寿从小喜欢诗词，张謇将她收为徒弟，亲自教授她诗词。他从

《古诗源》里精选了 73 首古诗，亲自抄写、注解，连平仄声都做好了记号，装订成一本小册子，名为《沈寿学诗读本》。一打开这本册子，开篇便是情意绵绵的《越谣歌》："君乘车，我戴笠，他日相逢下车揖。君担簦，我跨马，他日相逢为君下。"

张謇还给沈寿写了很多诗，情人之间传情所用的"鸳鸯""鹣""鲽"等意象开始出现在张謇的诗作之中，而暗喻沈寿的"雪"字也开始频繁出现。

张謇身体力行实业救国，常常行走于各地。但只要闲下来，他就会给沈寿写信，有时候隔一天写一封，有时候天天都写。

沈寿的病情越来越严重，张謇给她找来最好的医生。张謇劝沈寿从传习所的宿舍搬到环境优雅的谦亭静养。谦亭和张謇居住的濠南别业有一扇门相通，为了避嫌，沈寿找了几名女学生与她同住。

而张謇已经不在乎世人怎么看待他了。他对沈寿百般呵护，一年四季给沈寿准备东西，沈寿病了，他经常探望，亲自给沈寿煎药、喂药；沈寿想要出门走一走，他慌忙劝阻，让她一定要好好养病。

到后来，张謇直接以"上课不利于养病"为理由，将沈寿的学生遣回传习所。沈寿也曾抱怨张謇不知避嫌，不顾悠悠之口，但出于对张謇的尊重，她只好照办，只留下侄女沈粹缜（邹韬奋的夫人）和女佣。

没过几天，张謇又写来便条，让沈寿将留下来的几人打发到指定的房间之中。沈寿左右为难，她是一个很传统的人，无论张謇怎么热烈追求，她都和张謇保持着距离。张謇让她的侄女和女佣搬走，她只能回到传习所表示抗议。

张謇见沈寿走了，便急了，几次劝她回谦亭，她都拒绝了。张謇干脆在传习所左边建造了一栋房屋，名为"濠阳小筑"，让沈寿养病。

没想到沈寿搬进去之后，张謇也搬了进去。沈寿住在前院，张謇住在后院，中间依旧隔着一扇门。

因为沈寿的病，张謇四处找名医，甚至每天到厨房过问沈寿的饮食。

张謇过生日时，地方官员和士绅都来给他祝寿，但张謇全部谢绝，只身来到沈寿的屋子里，让沈寿给他煮一碗面条吃。

沈寿在张謇面前是难以自处的，张謇比她年长20多岁，却以一种完全不理智的方式介入她的生活。沈寿碍于礼教，却也被动接受着张謇为她安排的一切。

病痛缠身的沈寿对张謇既无奈又依赖，在激烈的内心矛盾之中，她也曾表露自己的心意。沈寿的绣品在市场上售价很高，但只要张謇开口，她随时愿意为张謇绣一些小件，送给他在应酬时用。

沈寿各个阶段的作品分别有不同的署名，比如在出嫁前，她的作品署名为"天香阁"；她得到慈禧太后赐名之后，作品就署名为"余沈寿"；搬到南通之后，她的作品署名多为"雪宧"。

沈寿曾绣有一幅观音像，她将张謇所题"大慈大悲南海观世音菩萨"几个字绣了上去，还在下方绣了一枚"只羡鸳鸯不羡仙"的章。

沈寿在生命最后的时光里，掉的头发越来越多，她将这些落发收集起来，绣出了张謇的手迹"谦亭"。落发不够用了，沈寿还剪下自己的头发。"身体发肤受之父母"，头发可谓传递情感的至高信物，女子将头发送给心上人，是一生"同患难、共荣辱"的誓言，这幅绣作，大约是隐忍而沉默的沈寿，留给张謇的最后念想。

知道沈寿时日无多，1918年，张謇提出和沈寿一起编《雪宧绣谱》，将她一生研究刺绣的宝贵成果详尽收录，传给后人。张謇亲自到沈寿病榻前，将她说的每一个字细致地整理成文，再和沈寿反复审校，历经数月才定稿。

书由两个人同写，书上有两个人的名字，书成之后，两个人却要面对生离死别。在沈寿生命的最后几天，张謇几乎夜夜无眠。张謇半夜听说沈寿病情加重，立即披上衣服前去探望。为了请如皋的名医，他特地派轮船去接。

1921年，沈寿在南通病逝。

沈寿在南通教学8年，呕心沥血，培养了一大批刺绣人才，而后几十年，江南的刺绣高手，大多出于沈寿门下。情深不寿，无论是对刺绣还是对人，沈寿都耗尽了心血，带着说不出、无处说的心事，离开了人世。

在沈寿面前，张謇状元的名声、书生的孤傲、商人的精明、教育家的身份，全都不算什么，他扑在沈寿的遗体上痛哭不止，唯有用最为隆重的葬礼，表达自己对沈寿未了的深情。

沈寿生前已经和张謇商定，墓地就选在南通黄泥山的东南麓，而不是苏州，以后余觉死了不能和她合葬。沈寿识字不过千，一生大部分时间在绣房里度过，思想是极为守旧的，葬在南通，已经是她一生最出格的反抗。

张謇将她的陵园修得规格极高，墓碑上的字也是他亲写的：世界美术家吴县沈雪宧之墓。碑名旁边缀的是张謇的名字。

沈寿的死好像抽走了张謇人生末尾最后的喜乐。1922年，大生纱厂走向衰落，张謇的事业全面崩盘，他也在感悟这冥冥之中注定的起落。

沈寿一周年忌日，张謇和沈家人到她的墓地祭奠。张謇将自己写给沈寿的48首悼亡诗烧了。其中一首写道："誓将薄命为蚕茧，始始终终裹雪宧。"

1926年，张謇即将走到生命的尽头，他行走已极为不便。清明节时，其他人的墓他都让人代祭，只有沈寿的墓，他一定要亲自祭扫。

这年夏季，张謇病逝。

张謇的墓地正对着狼山，与沈寿墓遥遥相对。

世人要拿男女之大防去约束张謇和沈寿，张謇用"不同穴，只相望"的方式回答后人。

（摘自《读者》2022年第3期）

光影与生命交织

孙正好

每年夏季,秦岭最大食草猛兽羚牛进入交配季,高峰期仅持续十来天。

为了抓拍羚牛难得一见的"恋爱瞬间",今年6月底,野生动物摄影师裴竟德,在海拔3000米左右的秦岭高山区域羚牛出没点,搭起"掩体"帐篷,啃着干粮,驻守了七个日夜。拍摄很顺利,结束后却出了意外——因为担心被成群的羚牛袭击,向导提前离开,裴竟德在返程时迷了路。

"除了一望无际的密林,就是悬崖绝壁,完全没有路。天空乌云密布,看不到太阳,也辨别不了方向。"裴竟德心有余悸地回忆,"我身上背着40公斤的设备,补给也断了,最可怕的是又遇上了大暴雨,气温骤降,全身被浇透。"一个小时、两个小时……时间在流逝,找不到出路的裴竟德,全身开始不自主地剧烈颤抖,出现了明显的失温症状。

常年有野外生活经历的他,在绝望与迷茫间努力保持清醒。"最重要的是尽快找到避雨的地方。"在挣扎前行了数小时后，一处仅有一米宽的类似房檐的崖壁，成了裴竟德的庇护所，他打开随身携带的鹅绒睡袋，将自己卷起来，再盖上两层急救毯，在风声、雨声的包裹中，熬过了一整夜。第二天中午时分，雨过天晴，他靠着太阳辨别方向，走出了秦岭，捡回了一条命。

在外人看来，这次"失温"算得上生死考验，但在裴竟德无数次野外拍摄经历中，这只是"拳头大"的困难之一：在大雪覆盖、人迹罕至的秦岭深山，他蹲守三天三夜，拍下了秦岭大熊猫野外交配的罕见影像；他连续17年、20多次深入"人类生命禁区"可可西里，行程超过10万公里，遭遇过棕熊来袭，也曾与野狼擦肩而过，还挖坑将自己"埋"了八天，在全球首次拍到藏羚羊野外分娩全程……

"想要拍好野生动物，就得像野生动物一样生存。"因为这些充满传奇色彩的拍摄经历，"陕北娃"裴竟德被熟人称为"狠人"，就是陕西话中"吐口唾沫都是钉"的"狠人"。"影像带来关注，关注带来改变，这就是野生动物摄影师存在的意义。"裴竟德说，"尤其是最近十年来，随着国家在环境保护上取得的显著成就，生态摄影赶上了最好的时代。"

卓乃湖，藏语意思是"藏羚羊聚集的地方"，每年5月开始，成千上万只雌性藏羚羊，从西藏羌塘、青海三江源及新疆阿尔金山地区，跋涉数百公里，迁徙至卓乃湖产崽。因此，这里又被称为"藏羚羊的天然大产房"。

当藏羚羊开启"新生之旅"时，远在千里之外、家在西安的裴竟德，也准备动身了。他要赶在藏羚羊生产前到达卓乃湖，找到合适的点位，扎营、驻守、等待，捕捉藏羚羊生产瞬间。

藏羚羊生性机敏，见人就躲。而无路可达的卓乃湖，位于可可西里海拔约5000米的高寒无人区，这里常年风大地湿，平均气温处于冰点以下，冬季最低时能达到零下40摄氏度，夏季雷电轰鸣、冰雹来袭时，仿佛能把天地开膛破肚，是"人类生命禁区中的禁区"，因此，在裴竟德之前，没有摄影师能完成这一拍摄"壮举"。

单打独斗、没有团队的裴竟德，如何突破？

"能不能藏起来拍？"当这样的想法冒出来后，困难随之而来。广袤、粗粝的可可西里，不长树，也没有灌木，大地恰似青藏高原的天空一般，一望无际，毫无遮挡，成年人置身其中，即便缩在地上，对异常机警的藏羚羊而言，也是莫大的惊扰。

在卓乃湖周边藏羚羊胎盘残留比较多的地方，裴竟德反复观察地形，最终决定将自己"埋"在一个小山包中，那儿离卓乃湖有500多米，地势明显突起，拍摄时还能环顾四周，成功的概率比较大。

"没有捷径可走，只能用最笨的办法。"在可可西里自然保护区管理局的协助下，裴竟德挖出一个一米深的土坑。为了更隐蔽，他把农村常用的"锅式"卫星天线盖在坑上，上面铺满麻袋，再抹上泥土，打造出一个更接近自然环境的拍摄"掩体"。

每天凌晨4点，天还大黑的时候，裴竟德将镜头装在一个铁皮桶里拎着，背上干粮和水，徒步5公里，乘着夜色从驻地赶往"掩体"。"必须赶在天亮前藏羚羊很难发现的时候，偷偷潜伏好，一旦它们被惊散，一般不会再返回。"因为不敢使用手电筒照明，有一回出发后不久，裴竟德就在无人区迷了路，他在黎明时分摸索了近5个小时，才顺利返回"掩体"。

在辽阔无垠的青藏高原上，裴竟德藏在黑暗而狭小的土坑中，坐在铁皮桶上，通过东、西、南、北四个预留孔，借助长焦镜头，观察着可可西里的万物生灵。这样的"守株待羊"，往往从凌晨5点，不间断地持续到晚上10点。他不敢多喝水，只能靠啃干粮度日。没有动物的时候，他就看天空，看大地，听风声，听自己的呼吸声；动物出没的时候，他就格外兴奋，怎么都看不够。

"有一次，一对鼠兔夫妻跑到了掩体的洞口，带着清澈、好奇的眼神往里看。两个小家伙离我仅20公分，我能看到它们的胡子在抖动。我们就这样奇妙地对视了好久，看得我心都醉了，那是一种直击心灵的奇妙感觉。"

藏羚羊生产的高峰期，往往也是卓乃湖一年中最热的时候。气温超过零摄氏度后，冻土层便悄悄融化，冰水从土里往外渗，没过多久，裴竟德的"掩体"便成了冰窖。虽然穿着防水鞋，但身上的热量却一点点被带走，他的小腿变得冰凉，整个人只能缩在铁桶上。

"身在炼狱，心在天堂。"裴竟德如此形容身在"掩体"里那种"魔鬼"与"天使"并存的时刻，这种肉体与精神极其矛盾、极其分裂的经历，让他愈加敬畏生命，敬畏自然。2007年，他在卓乃湖蹲守一个多月，未能捕捉到理想的生产瞬间；2008年，又是一个多月的等待，结果依然不理想。"没有遗憾，顺应自然。"裴竟德说，"在可可西里的每一天，我觉得都是一种收获。"

2009年，这是裴竟德连续第五年进入可可西里，也是他连续三年正式藏身卓乃湖，等待抓拍藏羚羊生产瞬间。

6月29日，在裴竟德将自己"埋"好的第8天，长焦镜头中出现了一只生产征兆极为明显的雌性藏羚羊。"当时，小羊的头已经出来了，母子俩离我的'掩体'大概也就200多米。"裴竟德回忆道，"非常幸运的是，母羊缓缓地停下了，它蹲下来，开始很努力地生产。"

镜头徐徐推上去，天地慢慢被虚化，两个生命的轮廓逐渐清晰：母羊不停地卧倒，再用膝盖抵住大地，跪着站起来，又一次卧倒，又一次撑住，又一次站起来……循环往复、拼尽全力的生产间隙中，母羊还不停地甩甩尾巴，回头观察，似乎在用眼神鼓励同样拼尽全力的小羊。

还有一个拼尽全力的生命，那就是躲在镜头背后的裴竟德。那一刻，他忘记了曾在卓乃湖遭遇的狂风骤雨，忘记了可可西里刀剑一般的雷电风霜，他的手指如同电波一般，源源不断地摁着相机快门。在密集而铿锵的咔嚓声中，他的呼吸、他的心跳，都与远处正在生产的藏羚羊母子同频、共振。

"紧张，兴奋，命运与共，生生不息。"裴竟德用这些关键词，形容那场直击人心的分娩，半个小时里，他拍下了上千张照片，容量达到20G。母羊生产时疼痛而机敏的眼神，新生命呱呱坠地时的纤弱与兴奋，母羊产后欣慰地舔舐胎衣、温柔地亲吻小羊，小羊跌跌撞撞地站起来，母子俩一起奔跑、离开，消失在天际线边……这些筋骨分明、血肉清晰的珍贵照片，成为全世界首组完整记录藏羚羊野外分娩全程的影像。

枯枝之上，一只雌性金丝猴四肢环扣，怀中紧紧抱着一只出生不久的猴婴，她脑袋低垂，藏起面容，似乎陷入了浓郁的沉痛之中。照片上的天空是灰色的，金丝猴母子的世界仿佛也全是灰暗：这只猴婴在出生时就死于难产，整整五天过去了，母猴还是将孩子抱成一团，久久不愿撒手。

这张名为《金丝猴不幸丧子，怀抱多日不肯丢弃》的照片，拍摄于2005年4月。彼时，裴竟德初为人父。在秦岭密林间，他被金丝猴不离不弃的母子情深深触动，"原来动物也有情感，也有智慧和尊严"。这张照片也成为他野生动物摄影之路的起点。

"当时，在全世界范围内，中国的生态影像还比较陌生，国内专门从事野生动物摄影的人也不多。"从那时起，自小钟情摄影、热爱自然的裴竟德渐渐从商业摄影转型做生态摄影。向西，他的摄影战场是世界第三大无人区可可西里，而在老家陕西，他将镜头对准了中华祖脉秦岭。"在我眼中，这是两块圣地，是生态摄影的天堂。通过它们，我们可以将中国的生态保护成就更好地传递给全世界。"

2008年，裴竟德拍摄的《狍狲》《藏羚羊》《川金丝猴》《雪山下的红景天》等四幅作品，被北京奥组委制成大幅照片，悬挂于国家体育馆、运动员下榻酒店等奥运场所，向全世界展示自然中国的美丽瞬间，也为各国朋友了解真实中国，提供了新的窗口。

2009年6月5日，藏羚羊迁徙途中，一路跟拍的裴竟德，偶然间拍到了藏羚羊与飞驰而过的火车同框的画面。这幅被网友戏称为"藏羚羊自己出来作证"的照片《青藏铁路边的藏羚羊》，后来被政府和民间广泛引用，为平息青藏铁路是否破坏高原生态环境的争论，提供了有力实证。

"影像带来关注，关注带来改变。"裴竟德认为，野生动物摄影不光是简单的个人情趣，更应该站在国家和人类的大视野上，关注人与自然的和谐共生。"直到现在，国内观众看到的优质的自然影片，大多还是来自西方国家。我们有着无与伦比的自然资源，但挖掘依然不够，这就需要专业的生态摄影团队，通过陌生化、纪实化和故事化的表达，去赢得受众，向海外讲述中国的生态保护故事。"

但想要捕捉到罕见而引起广泛共鸣的纪实影像，又谈何容易？这就需要摄影师长期在野外风餐露宿，不是漫长的等待，就是狂奔式跟拍，来回"折腾"，反反复复，一张好照片的拍摄周期，可能是一年，甚至几年。"这是一个靠脚步丈量河山的职业，只有走到别人未曾到过的地方，你的影像才能扣人心弦，摄人心魄。"

以秦岭大熊猫为例，关于它们的影像，更多来自人工圈养群体，而对于野生群体，除了红外相机捕捉的偶然瞬间，核心画面很少。"比如野生群体如何出生、成长，如何交配、繁殖，又是如何一步一步衰老、死亡的，这些影像我们很难见到。"基于此，裴竟德正在参与制作关于秦岭大熊猫的自然影片。"如果你要拍摄特定群体，首先就得跟它们熟悉起来，让熊猫见了你不躲、不跑，这个熟悉的过程，就得好几年。在它们经常出没的区域，你得每天去，每天找，跟它们相识、相知，最后'相爱'。"

2021年3月，新一轮熊猫繁殖季开始了。为了捕捉到野生秦岭大熊猫野外交配的自然影像，裴竟德背上数十公斤的设备，又一次前往秦岭。

"很多地方完全没有路，几百米甚至几公里，都只能用手扒开灌木行进，手背上、小臂上全是血印子。"在一只雌性大熊猫已经光顾的密林里，裴竟德找到了一处较为空旷、可以居高临下的斜坡，地上、树上积着厚厚的白雪，他用两件迷彩雨衣，在林间搭起简易帐篷，以此做"掩体"，开始了静谧而漫长的等待。

此时，秦岭仍处于一年中最冷的时节，高海拔区域被大雪覆盖，漫天的刺骨寒风，常常裹着雪花，山呼海啸般地席卷整个山林。身处其间，人往往被刮得睁不开眼，常常有沉重的窒息感。对于天性喜冷的大熊猫而言，这是最好玩、最快乐的时节，但对于等待它们的摄影师而言，这就如同"上刀山"。

森林里冬季干燥，不能点火，蜷缩在棉衣里的裴竟德，靠着跺脚、搓手熬过了一夜、两夜。"简易的帐篷四面透风不说，那个斜坡还非常陡，好几次睡着后身体一放松，整个人就滚下去了。"第三天入夜后，月光皎洁之下，一场惊心动魄的"比武招亲"开始了。

早在裴竟德到达时，处于发情期的雌性大熊猫，如同"待嫁新娘"一般，已经上树进行"梳妆打扮"，并将"求偶"的气味源源不断地散发出去。这一夜，先后有四只雄性大熊猫"单刀赴会"，于此决战。

晚上8点左右，总攻开始了！月夜中，四位"猛士"发起了"刀光剑影"般地火拼。"他们先是在树下你追我赶,打成一团,嘶吼声响彻山谷,整个夜晚杀气腾腾;我躲在镜头背后,比它们还紧张,还兴奋。"裴竟德说,"在决斗了数十个回合后,两位优胜者蹿到树上,进行最后的冲刺,树枝接连被打断,战况愈演愈烈,持续焦灼,一直到次日凌晨1点,才分出了胜负。"

5个多小时里,裴竟德连一秒钟都不愿舍弃,屏幕上不断闪烁的录制红点,将山间的月光、林间抖落的雪花以及熊猫作为猛兽那极具生命张力的时刻,一起框进了升降横移、光影流转的镜头中,这段视频也是迄今为止,最为清晰、最为完整的秦岭大熊猫野外交配影像之一,为野生大熊猫生存繁衍研究提供了重要实证。

"我们正在做的秦岭大熊猫的自然影片,就是想通过罕见、震撼的纪实影像,捕捉野外种群的每一个生命节点,还原它们完整的生命历程。"裴竟德说,"野外交配是大熊猫成长历程中决定性的瞬间之一,能够如此近距离、如此完整地记录下来,本身就很幸福。"

与危险同行,以摄影为生。

"我们已经连续四天跟他失联,裴老师可能已经遇难了。"2007年7月的一个深夜,裴竟德的妻子、远在西安家中的张蓓,接到了来自可可西里自然保护区管理局的长途电话。那天夜里,她反复拨打丈夫的电话,一直无人接听。

"他每一次出发去可可西里,我们都知道很危险,真的有可能有去无回。"张蓓说,"不去的理由,可以找出一百个、一千个,但那是他的理想,里面有他全部的热情,因为这一个理由,我支持他,我们全家包括我的父母,也都很支持他。"

那一夜,在备受煎熬十多个小时后,裴竟德突然来电,张蓓悬着的心终于放下了。

"离死亡确实一步之遥。"原来，为了拍摄藏羚羊，裴竟德与可可西里自然保护区管理局工作人员桑巴龙珠和才仁文秀，深入可可西里腹地时，越野车不幸陷入沼泽淤泥中。在海拔5000多米的高原无人区，通信中断、无人应援的三个男人，没法弃车逃生，只能拼命地挖淤泥，想办法将车推出来。"起初用铁锹，后来两个铁锹都挖断了，怎么办？只能徒手扒。"

一天、两天、三天、四天……缺少补给、粒米未沾的三个人，只好嚼山上的野葱充饥。"因为极强的求生欲，我们挖、刨、垫，清淤泥，搬石头，想尽了各种办法，折腾了整整四天四夜，大家双手已经糜烂。因为缺氧，人已经虚脱到极致。"裴竟德说，"幸运的是，第五天我们挖到了冻土层，车辆才得以硬着陆，开了出来。我们劫后余生般地瘫在地上，才注意到挖出来的淤泥堆，比越野车还高。"

在可可西里无人区，人的"天敌"不仅是恶劣的自然环境，还有高原上行踪不定的各类猛兽。很多时候，裴竟德是冒着生命危险去拍摄：他曾与雪豹对视，与野狼擦肩而过，最危险的当属陆地上食肉目体形最大的哺乳动物之一——棕熊的频繁造访。

作为青藏高原上最好斗的大型猛兽之一，成年棕熊的体重可达200到300公斤，"一口气可以杀死一头牛"。"在卓乃湖扎营时，经常有棕熊来袭，围着帐篷转圈圈，边转边怒吼。尤其是夜深人静时，我的五脏六腑都跟着颤抖。"裴竟德说，"棕熊嗅觉极佳，一闻见食物的味道，就会'闻'讯而至。"一个藏羚羊产崽季，他见到的棕熊不下60只。

为了避免被棕熊一掌"拍死"，他在睡觉时，常常将一个铝合金的铁箱子，架在头顶的位置护住头部。"在两米见方的帐篷内，我沿着对角线睡，把头放在帐篷最中间，蜷着腿，万一棕熊一把撕破帐篷，好有个反应时间。有一回睡着了，醒来后发现高压锅不见了，原来它被棕熊拖到了外面的草地上，砸得面目全非。"

当然，幸福的时刻也很多，除了拍到心满意足的照片，人的故事更令裴竟德记忆犹新。

"很多藏族同胞、保护区的工作人员，特别有人情味，朴实得令人感动。我的一趟行程，平均下来得三四十天，有时长达两个月。他们跟着我跋山涉水，啃干粮，吃咸菜，喝稀饭，任劳任怨。"裴竟德说，"有一回，可可西里自然保护区管理局的一位领导，专门开车跑了一百多公里，赶到索南达杰保护站，就是为了接我一程，给我送一条哈达。"

这些故事，都成为裴竟德"可可西里生态影像志"的一部分，这是他一直坚持的长期拍摄计划。自2005年至今，他累计前往可可西里已经不下20次，行程超过10万公里，拍摄内容已不仅仅局限于野生动物，还有生态地貌跟踪、野生植物、人文纪实、自然风光等。"我想全面记录这里的一切，给未来留一份真实、系统的自然影像；也想通过纪录片这种方式，用更动人的故事，让更多人看到中国在生态保护上的努力和成果，这是更大的成就感。"

"尤其最近十年来，国家在环境保护上投入巨大，民间的环保意识空前提高。我们到野外，最直观的感受就是生态环境越来越好，生物多样性也越来越丰富。"裴竟德说，"现在对于我们野生动物摄影师而言，就是最好的时代，也是最能出作品的时代。因为有了好的土壤，我想尽量多拍有力量、有深度、能影响公众生态环保意识的照片和影像。"

（摘自《读者》2022年第17期）

不要对不起你奶奶

罗 尔

1

1921年,中国共产党成立。

这一年,李坤泰16岁。她是大户人家的小姐,家住四川宜宾白花镇,家中兄妹8人,她排行第七。李父早逝,大哥大嫂成了当家人。李坤泰想外出读书,大哥大嫂不许,李坤泰就写了一篇文章——《被兄嫂剥夺求学权利的我》,文中说:"我自生长在这黑暗的家庭中十数载以来,并没有见过丝毫的光亮……我极想挺身起来,实行解放,自去读书。奈何家长——哥哥——专横,不承认我们女子是人,更不愿送我读书……请全世界的姊妹们和女权运动者,帮我设法,看我如何才能脱离这个地狱家庭，如何才能完全独立？"

李坤泰的大姐夫郑佑之（1931年牺牲），是中国共产党宜宾地方组织创始人之一。他偶然读到李坤泰的文章，很是赏识，便推荐发表在向警予主编的《妇女周报》上。

1926年，国共合作，国民革命军开始北伐，形势一片大好。

2月，李家老少正欢欢喜喜过大年，李坤泰在二姐李坤杰的帮助下，离家出走。她疾走两天两夜，抵达宜宾，后考上宜宾女中，改名李淑宁。后来在郑佑之的介绍下，她加入中国共产党。自从走出白花镇，李淑宁就再也没有回去过，且越走越远。

10月，李淑宁考入黄埔军校武汉分校，成为黄埔军校第六期213名女学员之一，这是中国军事院校第一次招收女学员。李淑宁又改了个更有力的名字：李一超。

1927年，在北伐战争取得决定性胜利之际，国共合作破裂；共产党发动南昌起义，打响武装反抗国民党反动派的第一枪。

9月，李一超走得更远，漂洋过海去苏联，就读于莫斯科中山大学。在前往苏联的海轮上，李一超严重晕船，吐得天昏地暗。同行的40人中，有一个叫陈达邦的湖南小伙儿，对她百般照应，让她倍觉温暖。到达莫斯科之后，李一超和陈达邦的革命友谊上升为爱情，他们俩于1928年4月结婚。

1928年，井冈山革命根据地进入全盛时期，革命形势如火如荼。

11月，组织上需要李一超回国。此时，李一超已有身孕，本可以要求生完孩子再回国，但革命者的使命，永远大于家事。李一超没有丝毫犹豫，即刻启程。陈达邦百般不忍，意欲与妻子一同回国，李一超拒绝了，说大丈夫当以事业为重，岂可沉湎于儿女私情？陈达邦只好作罢，叮嘱妻子，若一个人带着孩子有困难，就把孩子送到他堂兄陈岳云那儿。他送给李一超一枚金戒指和一只怀表，夫妻二人挥泪作别。这一别，夫妻俩竟再未相见。

2

1929年，红军相继开辟赣南、闽西根据地，以此为中心，发展中央革命根据地。

1月，在宜昌地下交通站工作的李一超即将临盆，还挺着大肚子，为搜集传递情报东奔西走，且结交的人个个神神秘秘。房东觉得她很可疑，就以地方风俗为由——在哪里怀的孩子，就应该在哪里生，把李一超赶了出去。

眼看还有几天就要过年，孩子也快要出生了。李一超想起丈夫陈达邦的话，想去找他的堂兄陈岳云。无依无靠的女人，此时太想得到亲人的照顾了。可是，宜昌地下交通站，是李一超一手建立起来的，如果她一走，万一组织上有事，联系不上她，就可能造成重大损失。李一超不敢离开宜昌，甚至不敢离开租住的房子太远，就一直在附近寻找新的房子，但没有人愿意让一个来历不明的女人把孩子生在自己家里，李一超一时找不到住所。

夜幕降临，北风呼号，李一超徘徊街头，瑟瑟发抖。李一超原租住房的隔壁，住着一对贫苦夫妻，男主人是个搬运工。他们平时与李一超来往不多，但李一超的笑容让他们感觉亲切。他们不忍心看李一超流落街头，便把她接到自己家里，隔出一角，现搭一张床，让她住了下来。

第二天，李一超的儿子提前来到人世。参加革命以来，李一超一直过着动荡不安的生活。让中国人民过上和平安宁的生活是每一个革命者的理想，因此，她给儿子取名为宁儿。

但李一超注定不得安宁，还在月子里，收留她的这家男主人因赌博打架被抓了，女主人筹不齐罚款赎不出男人，整天唉声叹气。李一超不能坐视不管，便拿出陈达邦送给自己的金戒指，让女主人把男主人赎了出来。

然而，李一超的善举，给自己带来了麻烦。警方听说李一超卖金戒指赎人，起了疑心——这个神秘的外地女人，为什么会有金戒指？

李一超感觉不妙，抱着未满月的宁儿，匆匆去了上海。

此后的一年多，李一超一直在革命路上奔波，难得片刻安宁。

在上海，李一超遭遇过入室抢劫，劫匪把财物洗劫一空，还剥光了她和宁儿身上的衣服。母子俩紧紧搂在一起，以抵御冬夜的寒冷，好在，朋友得知消息后，及时送来衣服，才把他们救出窘境。

在南昌，因为叛徒出卖，300多名革命者血溅刑场。当军警从前门进来抓人时，李一超抱着宁儿，从后门逃离，因为情况紧急，她只来得及给儿子裹上毛毯。她一分钱都没有，只能卖掉陈达邦给她的怀表，买了一张去上海的船票。她必须尽快赶回上海，向党中央机关报告，南昌出了叛徒，以免造成更大的损失。在船上，李一超没钱买吃的，母子俩靠好心的乘客给点馒头分点粥，熬过了两天两夜的水路。

革命之路，步步凶险。只要李一超回宜宾老家，或者去找丈夫的堂兄陈岳云，就能过上富足快乐的日子。但对个人的富足快乐，革命者不屑一顾，从踏上这条路的那一天开始，他们就坚定地要将革命进行到底。

革命之路道阻且长，李一超无所畏惧，但她怕儿子陷入险境，也怕自己不能全心全意投入革命。因此，即将接受更艰巨的任务前，她把儿子送到汉口，托付给陈岳云。

骨肉离别之际，李一超带宁儿去拍了两张合影，一张寄给还在莫斯科的丈夫陈达邦，照片背后写着宁儿的出生日期和时辰，一张寄给宜宾的二姐李坤杰，给家里报平安。

3

1950年，国家大力宣扬革命英雄主义，讲述革命英雄故事的电影《赵一曼》应运而生。

赵一曼的故事感动了全中国人，这其中有一个叫陈掖贤的小伙子，他连看几遍电影，看到赵一曼受刑时，忍不住潸然泪下。

陈掖贤就是长大了的宁儿，他不知道，赵一曼就是他失踪多年的妈妈李一超。

电影摄制者也不知道，赵一曼是四川宜宾人，原名李坤泰，又名李淑宁、李一超。那个时期的许多作家、记者写过赵一曼，但没有人知道她来东北抗日之前，有过怎样的经历。

革命年代，许许多多的英雄，不知出处。

1953年5月，李一超的二姐李坤杰给周恩来总理写信，请求查找1930年左右在上海工作过的地下党员李一超。周总理将此信批转有关部门处理。

1955年1月2日，李坤杰写信给陈掖贤的姑妈陈琮英，告知：经李一超的战友和东北革命烈士纪念馆确认，赵一曼就是陈达邦的妻子、宁儿的妈妈李一超。

得知自己的妈妈是英雄赵一曼，陈掖贤哭了。

陈掖贤一直过得很清贫，但他没去领国家发给烈士家属的抚恤金，只去东北革命烈士纪念馆抄了一份妈妈临刑之前写给自己的遗书。

宁儿：

母亲对于你没有尽到教育的责任，实在是遗憾的事情。母亲因为坚决地做了反满抗日的斗争，今天已经到了牺牲的前夕了。

母亲和你在生前永远没有再见的机会了。希望你，宁儿啊，赶快成人，来安慰你地下的母亲！我最亲爱的孩子啊！母亲不用千言万语来教育你，就用实际行动来教育你。

在你长大成人之后，希望不要忘记你的母亲是为国而牺牲的！

你的母亲于车中

1936年8月2日

1982年，陈掖贤意外离世，临终时，他给自己的孩子留下了几句话："不要以烈士后代自居，要过平民百姓的生活。以后自己的事自己办，不要给国家添麻烦。记住，奶奶是奶奶，你是你！否则，就是对不起你奶奶！"

许多年以后，一个参加过侵华战争的日本老兵，找到李一超的孙女陈红，表示忏悔。长相酷似李一超的陈红说："对不起，我不能接受。你老了，要在良心上得到解脱，可我的国恨家仇怎么办？再说，贵国政府一向的态度，都使我不能接受你的忏悔。"

日本老兵想给陈红一些钱，陈红也没有要："我爸爸连我奶奶的烈士抚恤金都没要，我怎么能要你的钱？"

（摘自《读者》2021年第17期）

世界上最困苦的艺术学院

胡松涛

1938年的初冬，青年作曲家冼星海，自上海来到延安鲁迅艺术学院（以下简称"鲁艺"）任教。一直过着颠沛流离生活的冼星海，遇见一个崭新的世界，他兴奋起来、燃烧起来，进入一生中最重要的创作阶段。

1938年11月，光未然带领抗敌演剧三队，从陕西宜川县的壶口附近东渡黄河，转入吕梁山抗日根据地。光未然途中亲临险峡急流、怒涛漩涡、礁石瀑布的险境，目睹了黄河船夫们与狂风恶浪搏斗的情景，聆听了悠长高亢、深沉有力的船夫号子，感慨万千。1939年1月抵达延安后，光未然一直酝酿着长诗《黄河吟》。1939年2月18日，除夕夜。在延河边上的一个窑洞里，词作家光未然朗诵了400多行《黄河吟》。

冼星海听完，霍地站起来，一把将诗稿抓在手中："这首诗由我来谱曲，我有把握把它谱好。"光未然知道冼星海谱曲时有吃水果糖的习惯，可是满延安没有一个卖水果糖的,光未然好不容易找到一个卖白砂糖的,一元一斤,便买了两斤给冼星海。《黄河吟》长诗为天才的飞腾提供了有力的跳板。冼星海一边拿着自动铅笔写谱,一边抓白砂糖吃,转瞬间,砂糖化为美妙的乐章。没有钢琴,作曲家打着手势,摇头晃脑地哼唱,眼睛熬红了,头发散乱了,嗓子沙哑了。在第五天晚上,他放下手中的铅笔。延安的天空响起云雀的歌声。很快,大合唱的名字被改为《黄河大合唱》。

鲁艺美术系的钟灵说:"唐朝的王勃是饮墨而写诗;冼星海是一手吃白糖,一手写了《黄河大合唱》。"

鲁艺音乐系的王莘说:"冼星海老师拥有一支神笔,这支神笔就是他手中的那支自动铅笔。"

鲁艺被称为"世界上最困苦的艺术学院"。这里没有大提琴、小提琴和竖琴,更没有钢琴。演奏《黄河大合唱》的乐器不够,鲁艺音乐系的师生就自己动手做。洋油桶蒙上晒干的羊肚皮,插上一根一米多长的木头作琴杆,又从饲养员那里讨来马尾毛作弓毛,做成了延安历史上第一把低音胡。茶缸里装上沙粒做成沙锤,把钢勺子放在水缸里搅动出水声、波浪声……这些"土乐器"为《黄河大合唱》的伴奏做出了巨大贡献。

《黄河大合唱》首演成功,引起轰动。毛泽东看了演出后,特别高兴,站起来使劲鼓掌,连声说:"好!好!好!"并把自己的从前线缴获的一支派克钢笔和一瓶派克墨水赠送给冼星海。周恩来也为冼星海题词:"为抗战发出怒吼,为大众谱出心声!"最令人印象深刻的是,爱国将领邓宝珊从榆林路过延安时,毛泽东举办了一场欢迎晚会,500多人参加演出,冼星海要同学们把能用的乐器全都用上。当幕布一拉开,《黄河大合唱》那雄壮嘹亮、气势磅礴的歌声和锣鼓齐鸣的阵仗,把邓宝珊将军吓了一跳，他霍地站了起来，泪流满面……

王莘担任《黄河大合唱》中《河边对口曲》王老七的领唱。他对冼星海说："《黄河大合唱》表现了中华民族阅尽苦难后排山倒海的力量。"冼星海沉浸在自己的世界中："可惜缺一架钢琴伴奏。"钟灵在一边听见了，没大没小地说："老师，我给你画一架钢琴吧。"冼星海自言自语道："我要把《黄河大合唱》改编为钢琴协奏曲……"

1939年年底，王莘要毕业了，冼星海拿出一支铅笔。这令王莘眼睛一亮。在延安是买不到自动铅笔的，连普通的铅笔都没有，鲁艺的师生"享受"特殊待遇，两三个月才发一支铅笔。冼星海说："我用这支笔写出了诸多作品。你要毕业了，我把它送给你，希望你也用它写出鼓舞人心的音乐作品。"10多年后，王莘用这支笔谱写出了热情豪放、气势雄伟的《歌唱祖国》。

1941年春天，鲁艺响起"月光流水"的钢琴声。"月光"是指光未然作词、冼星海作曲的《月光曲》，"流水"指的是《黄河大合唱》中的"流水"。这是延安的土地上第一次"生长"出钢琴的声音。

钢琴来自重庆，一位爱国人士赠送给周恩来的。周恩来知道鲁艺缺少钢琴，就派人费尽周折，翻山越岭，把这架钢琴送到了延安。整个抗日战争时期，延安唯此一架钢琴。

这架古老的德国钢琴成为鲁艺的宝贝，在教学、演出和创作中发挥了无可代替的作用。鲁艺有资格使用这架钢琴的只有3个人：音乐系老师寄明、音乐系助教瞿维和周楠。延安的音乐会上从此有了钢琴演奏，贝多芬、肖邦、门德尔松等人的作品在山沟沟里回响。寄明因为演奏这架钢琴，获得"延安第一位女钢琴家"的赞誉，她后来的代表作有《我们是共产主义接班人》。

音乐系的学生都想上琴练习，领导怕大家"乱弹琴"，把这个"宝贝疙瘩"弄坏了，平时就锁在教室里，大家只能望"锁"兴叹。每当琴声响起，鲁艺的许多师生都会停下脚步，或者悄悄站在窗外倾听。有些同志说："我们只有抬钢琴的份儿，别说弹了，连摸一下琴键的机会也没有。"

"抬钢琴"是怎么回事呢？原来，鲁艺的师生往往要到十几里外去演出，因为没有车辆，音乐系的马可、安波等同志便组成了义务搬运队，负责搬运钢琴。于是延安的小路上常常可以看见一群艺术家小心翼翼地抬着钢琴，挥汗如雨地赶路……

1947年3月，胡宗南率领20多万大军进攻延安。中共中央决定主动撤离延安。毛泽东对大家说："存地失人，人地皆失；存人失地，人地皆存。"由于携带钢琴不方便行军打仗，鲁艺音乐系的同志只好把心爱的钢琴连同一些唱片、书籍和乐谱等藏在深山沟中的一孔窑洞里，把窑洞封了洞口，在洞口种上山丹丹、移来马兰草，还栽了一棵柳树做标志。

"我们是黄河的儿女，我们艰苦奋斗，一天天地接近胜利！"鲁艺人唱着《黄河大合唱》，慷慨悲歌上战场，去迎接最后的胜利。

（摘自《读者》2021年第19期）

最大限度地逼近真实

毕淑敏

朋友给我讲过这样一个故事。

他祖父小的时候，学业有成，正欲大展宏图，曾祖将他叫了去，拿出一个古匣，对他说："孩子，我有一件心事，恐终生无法了却。因为我得到它们的时候，一生的日子已经过了一半，剩下的时间，不够我把它做完。做学问，就要从年轻的时候着手。"

原委是这样的。早年间，江南有一家富豪，他家有两册古时传下来的医书，集无数医家心血之大成，为杏林一绝。富豪将其视若珍宝，秘不示人。后来，富豪出门遇险，一位壮士从强盗手里救了他的性命，富豪感恩不尽，欲以斗载的金银相谢。壮士说："财宝再多，也是有价的。我救了你，你的命无价。我想用你的医书，救天下人的性命。"富豪想了半天，说："我可以将医书借给你三天，但是三日后的正午，你得完璧归赵。"

壮士得了书后，快马加鞭赶回家，请来乡下的诸位学子，连夜赶抄医书。荧荧灯火下，抄书人奋笔疾书，总算在规定时间之内，依样画葫芦地抄了下来。谁知，抄好的医书拿给医家一看，竟是不能用的。这些在匆忙之中由外行人抄下的医方，讹脱衍倒之处甚多，且错得离奇，漏得古怪，寻不出规律，谁敢用它们在病人身上做试验呢？

这两册抄录的医书，虽同鸡肋，但还是一代代留传了下来。书的纸张泛黄变脆了，布面断裂了，后人就又精心地誊抄一遍。因为字句文理不通，每一个抄写的人都依照自己的理解，将它们订正改动一番，改得愈加面目全非，几成天书。

曾祖的话说到这里，目光炯炯地看着祖父。

祖父问："您手里拿的就是这两册书吗？"

曾祖说："正是。我希望你能穷毕生的精力，让它们'死而复生'。你这一辈子，是无法同时改正两本书的。现在，你就从中挑一本吧。留下的那本，只有留待我们的后代子孙，来辨析正误了。"

祖父随手点了上面的那一部书。他知道从这一刻起，这一个动作，就把自己的一生，同一方未知的领域、一项事业、一种缘分，紧紧地联系在一起了。

祖父殚精竭虑，用了整整半个世纪的时间，将甲书所有的错漏之处更正一新。册页上临摹不清的药材图谱，他亲自到深山老林一一核查；无法判定成分正误的方剂，他以身试药；为了一句不知出处的引言，他查阅无数典籍……凡是书中涉及的知识，祖父都用全部心血一一验证，直至确凿无疑。祖父一生围绕着这册古医书转，从翩翩少年变成鬓发如雪的老人。到了祖父垂垂老矣的时候，他终于将那册古书中的几百处谬误全部订正。

人们欢呼雀跃，毕竟从此这本伟大的济世医书，可以造福无数百姓了。

但众人的敬佩之情只持续了极短的一段时间。远方发掘了一座古墓，里面埋藏了许多保存完好的古简，其中正有甲书的原件。人们迫不及待地将祖父校勘过的甲书和原件相比较，结果，祖父校勘过的甲书，同古简完全吻合。祖父用毕生的精力，创造了一个奇迹。

但这个奇迹，又在瞬忽之间变得毫无价值。古书已经出土，正本清源，祖父的一切努力，都化为劳而无功的泡沫。人们只记得古书，没有人再忆起祖父和他苦苦寻觅的一生。

"古墓里有乙书的原件吗？"我问。

"没有。"朋友答。

我深深地叹息说："如果你的祖父当初挑选了乙书，结果就完全不一样了啊。"

朋友说："我在祖父最后的时光，也问过他这个问题。祖父说，对他来讲，甲书和乙书是一样的。他用一生的时间，说明了一个道理，人只要全力以赴地钻研某个问题，就有可能最大限度地逼近它的真实。"

（摘自《读者》2021年第7期）

刑场上的婚礼

余驰疆

　　早在1949年参军前，就读于国立中山大学附中（今广东实验中学）的张义生就无数次听过"大师姐"陈铁军的故事。那是一段壮烈、热血又浪漫的革命爱情。

　　陈铁军，原名陈燮君，1904年出生于广东佛山的一户归侨商家。15岁时，受五四运动影响，她立下革命救国的志愿；16岁时，为了给当地富商家冲喜，她被父母指婚，嫁给不学无术的"富二代"；到了18岁时，为挣脱家庭的桎梏、寻求心中的真理，陈铁军变卖首饰和衣物，独自奔赴革命中心广州。1924年，陈铁军考入广东大学（今中山大学）文学院预科，并在两年后加入中国共产党。

　　入党后不久，陈铁军接到重要任务：解救被国民党抓捕的周文雍。周文雍是广东工人赤卫队总指挥，也是广州工人运动的领导人之一。陈铁军以其妻子的身份探监，送去大量红辣椒炒饭，嘱咐他吃完，而且千万不能喝水。很快，周文雍全身发烫，上吐下泻，有了得传染病的迹象，国民党只能将他移至医院。随后，党组织成功将周文雍救出，周文雍、陈铁军二人继续假扮夫妻进行地下工作。

1927年12月11日，广州起义爆发，周文雍领导的工人赤卫队配合教导团攻占国民党广州公安局。3天后，由于实力悬殊，广州起义失败，周文雍与陈铁军转移至香港。在外，他们是恩爱夫妻；在家，他们是有共同信仰的同志。每次家中一有异动，陈铁军就会将阳台上的花搬开，以警示周文雍先不要回家。在相互扶持中，二人渐生情愫，但因为事业不能谈及儿女私情。

1928年1月，为重建广州市委组织，周文雍、陈铁军冒险北上，因叛徒告密而被捕。他们遭受酷刑，始终不屈，周文雍在监狱墙壁上写下："头可断，肢可折，革命精神不可灭。壮士头颅为党落，好汉身躯为群裂。"就义前，周文雍要求与陈铁军合影，二人在最后一刻才相互表明心迹，"周文雍将围颈之巾转绕其妻颈上，并与之握手；其妻则手持周颈部之绳，使勿缚急"。

就义时，周文雍23岁，陈铁军24岁。

这场绝恋令无数共产党人动容，周恩来与邓颖超悲痛落泪。周文雍是周恩来在广州担任中共广东区委委员长时的旧部，陈铁军更是在1927年"四一二"反革命政变中帮助因难产而住院的邓颖超死里逃生。因此，直到中华人民共和国成立后，周总理夫妇仍常常怀念周文雍和陈铁军。1962年2月，周恩来在紫光阁接见一批剧作家，动情地讲述了"刑场上的婚礼"，号召作家将它写成剧本。也是当时，身处文工团的张义生得知总理的这番讲话后，开启了长达15年的取材、创作之路，并申请从北京调回广州。

15年中，张义生走访众多参与过广州起义的革命前辈，搜集了周文雍、陈铁军的不少书信，一遍遍打磨着作品。1977年，张义生突然收到了邓颖超的来信："把陈铁军烈士的事写成剧本是总理的生前愿望，这回得我来帮他还愿了。"张义生将剧本寄给邓颖超，很快得到了回应。反馈意见中，邓颖超又提供了多条线索，张义生决定再度南下。

回京后，张义生又收到了徐向前元帅的接见通知。在广州起义中，徐向前担任工人赤卫队第六联队队长，是周文雍的下属。徐向前向张义生回忆起义的点点滴滴：周文雍带领的赤卫队队员穿什么、吃什么，陈铁军如何假扮卖菜妇女给队员送枪和手榴弹，起义失败后他们又如何转移……一同被接见的还有长春电影制片厂的蔡元元和广布道尔基两位导演。前者曾在电影《鸡毛信》中饰演海娃，后者则是中华人民共和国第一位蒙古族导演。3个人就此组建起了电影的编导团队。

还有一位参与了广州起义的元帅对剧本编写格外关注，那便是聂荣臻。他曾4次接见创作团队，不厌其烦地讲述老战友的故事。聂荣臻和周文雍在起义中建立了深厚友情，后又共同负责赴港革命者的安置工作。周文雍受命回广州继续革命时，聂荣臻向组织表达了强烈反对："周文雍在广州很有名，回去很危险。"但周文雍自知广州有未竟的事业，毅然离开香港。离港前夜，聂荣臻和周文雍彻夜长谈，没想到那就是诀别。聂荣臻说："文雍与陈铁军在刑场就义，香港报纸刊登了他们的合影，我非常难过，就把报纸剪下来揣在身上，直到红军长征时天天打仗才丢失。"

那时，张义生不知如何塑造英雄的爱情故事。聂荣臻一锤定音："你们不要怕犯错误，胆子要大些。"

1979年夏天，带着万千期待，《刑场上的婚礼》在广州开拍。电影详细反映了周文雍和陈铁军的日常生活，既有革命中的激情和惊险，也不乏二人从假扮夫妻到真情流露的细节。广州起义的前一夜，他们站在窗前，谈论着对未来的向往、对革命的坚定，也谈论着各自心目中爱情的模样。这些与早年革命电影不太一样的"柔情"，反而使观众受到了更大的触动。影片最后，刑场上的周文雍和陈铁军站在象征英雄和爱情的木棉花树下，向群众宣布结婚。陈铁军的台词催人泪下："当我们就要把青春和生命献给党的时候，我们要举行婚礼了。让这刑场作为我们的礼堂！让反动派的枪声作为我们结婚的礼炮吧！"

在如今年轻人聚集的 B 站（视频网站哔哩哔哩）上，《刑场上的婚礼》仍有上百条弹幕，当周文雍和陈铁军就义的画面出现时，有网友写下："这就是信仰的力量。"

40 多年前，张义生问聂荣臻："为什么总理、元帅对这个剧本如此在意？"聂荣臻说："一定要把这个故事写出来，让青年人懂得什么是革命，什么是爱情！"

"我们分担寒潮、风雷、霹雳，我们共享雾霭、流岚、虹霓。仿佛永远分离，却又终身相依。"这才是伟大的爱情。

（摘自《读者》2021 年第 16 期）

寻找陈延年

闫 晗

很多人是通过《觉醒年代》这部剧认识陈延年的。对于这位 29 岁牺牲于敌人屠刀之下的青年，人们从书中、从影像资料中、从祖国大地上寻找他的故事。

有人去龙华烈士陵园祭奠他，有人去安徽省合肥市为纪念他和弟弟陈乔年而命名的"延乔路"上献花，有人写关于他的故事……有网友说，陈延年写文章用过的笔名是"人"。微博上有关于他的"超话"，里面的成员十分活跃，当下的许多青少年爱他，怀念他，是因为他曾经那样热烈地爱着我们的国家和人民。

陈延年的父亲是陈独秀，他创办了《新青年》杂志，是中国共产党的创始人之一。陈独秀的标签过于鲜明，色彩过于浓烈，因此很多人并不知道他有陈延年、陈乔年这样优秀的儿子。

陈延年像一个革命的苦行僧，为自己立下了著名的"六不"原则——不照相，不脱离工农群众，不谈恋爱，不滥交高朋名人，不铺张浪费，不大饮大食。因为觉得父亲既要做革命者，又想要家庭，难以兼顾，所以陈延年不恋爱不成家。他很少照相，则是出于地下工作的需要。因此一些历史教材在提到著名的省港大罢工的领导人时，没有提到他的名字。

陈延年出身于书香门第，又曾留学法国，可他模样淳朴，据说皮肤黑而粗，很像一个普通工人，因为经常劳动，还跟工人们一起拉过黄包车，所以能和工人打成一片。若不是叛徒出卖，他被捕的时候，就不会有人知道他是党的干部。在狱中，他说自己是这家人雇的烧饭师傅，特务看他衣衫褴褛，皮肤黧黑，一开始竟相信了。

1927年7月5日，《申报》刊登了吴稚晖致淞沪警备司令杨虎的一封信，信中热烈祝贺杨虎杀害了陈延年："彼在中国之势力地位，恐与其父相埒，盖不出面于国民党之巨魁，尤属恶中之恶！上海彼党失之，必如失一长城。"

他在龙华的屠场就义时，宁死不跪，被乱刀砍死，牺牲得非常惨烈。敌人对他用尽酷刑，可他是一个硬骨头。后来，他的弟弟陈乔年、战友赵世炎，也都在龙华被杀害。

鲁迅先生在文章中写道："至于看桃花的名所，是龙华，也有屠场，我有好几个青年朋友就死在那里面，所以我是不去的。"

他们三人均长眠于龙华烈士陵园，常常有很多人去探望他们，给他们敬送鲜花和他们生前喜欢的食物，希望告诉他们，我们今天过上了幸福的生活。

有一位网友专程去龙华烈士陵园探望陈延年,一位大叔问:"他是你的亲属吗?"这位网友想回答"是",又有些犹豫,回去的路上十分后悔,觉得自己应该这样回答:"对,他是我们所有中国人的亲属。"

(摘自《读者》2021年第16期)

碧血丹心

永 宁

衡阳保卫战中，预10师葛先才师长麾下，第29团1营2连，有一个傻兵。其实，傻兵脑子并不笨，只是思考能力欠佳，反应有些迟钝，有点儿憨态而已。

这个傻兵善良谦和、热心勤劳，谁有做不完的事、拿不动的东西，只要叫他，他无不全力以赴。傻兵有一怕，最怕射击训练。上靶实弹射击，每人3发子弹，他每次都至少有两发上不了靶，不知飞到何处去了。

可是，你可别小瞧他。傻兵能在预10师留下，自有他的本事。

傻兵有一绝，他是投掷手榴弹的能手。他投弹，有"远、准、狠"三大特点。不但投得远、落点准，而且他投出的手榴弹多在落点上空爆炸，类似小型空袭，杀伤力极强。

在衡阳战场上，第29团1营2连负责防守西禅寺阵地。某日一场战斗之后，2连战士伤亡惨重，只剩傻兵一人。等战斗结束，傻兵在增援的3连战士面前失声痛哭，以至悲愤哀号，令人心酸。

1营营长劳耀民来阵地慰问，怜惜2连几乎全连战死，要求傻兵随他到营部去，好歹保留一个2连种子兵。傻兵不干，他要在前线杀敌为战友们报仇。

当天下午6点左右，敌人再度向西禅寺阵地发起攻击。傻兵在敌人距离阵地约60米时，开始投掷手榴弹，杀伤多人。可敌人进攻的火力依然猛烈，傻兵回头道："排长！我战死后，若有可能，请排长将我与我连阵亡官兵埋葬在一起。"

傻兵说完，左右手各拿一枚手榴弹，冲出阵地。他在跑出约20米时，投出右手弹，然后将左手弹交至右手，继续向敌人多的地方跑去。未出10步，只见他身体抖动了一下，好像负了伤，但他略为停顿后，继续向敌人冲去。

傻兵冲入敌群后，高举着手榴弹直立不动。我方阵地上，官兵们大叫："傻子！手榴弹出手哇！投弹后马上跑回来！"叫声未了，轰的一声巨响，手榴弹在傻兵手中爆炸，四周敌军纷纷倒地，他本人也被炸得血肉横飞，追随他的2连战友而去了。

这位壮烈殉国的傻兵，无人知道他的名字。有一段日军关于衡阳的战史文字，足以告慰傻兵这样的中国手榴弹投手："中国军队之另一战斗特技，为手榴弹投掷。此技原为英美陆军之拿手戏，而现在之中国军人，已超越英美，爬升为优胜队之A组。衡阳周边之丘陵地，使本军蒙害甚大。衡阳战役之中期，第68师团及116师团，各步兵连之兵力，平均减至20名官兵，如此巨大之伤亡，敌人之手榴弹为一主因，故需加以记述。"

1937年12月，南京保卫战中，为了守住南京，中国军队决定使用坦克。但由于敌众我寡，这些坦克虽然发挥过较大作用，最终还是接连被日军炸毁。

值得一提的是，在防守方山阵地的战斗中，编号为312的坦克因中弹发生故障，被迫停在公路上，但两名中国坦克兵并未第一时间弃车逃走。

这时，一队日军步兵向着方山阵地行进而来。他们发现这辆坦克后，并未多加留意，因为这辆坦克残破不堪，看起来已被遗弃。就在此时，两名坦克兵迅速调转枪口开始扫射，两挺7.9毫米机枪喷出愤怒的火舌。因为是先头部队，主要负责打探情况，所以这队日军并未携带可以对付坦克的重型武器，被打得七零八落。

两个坦克兵一直战斗到子弹耗尽才弃车逃走。但在撤退时，他们被日军发现，坦克驾驶员黄佛阴中弹，壮烈殉国。另一名坦克兵腿上中了一弹，他忍着剧痛翻过一道墙撤回南京城内。

这名坦克兵几经辗转终于归队。他将自己的经历汇报给长官，谁知长官并不相信。

1939年12月30日，中国军队在昆仑关歼灭日军第21旅团5000余人，击毙敌少将旅团长中村正雄。在取得昆仑关大捷后，中国军人缴获了一份日军的战报文件，文件里详细记录了日军在方山阵地遭遇两名中国坦克兵的作战经过。遗憾的是，这名英勇的中国坦克兵已在昆仑关战役中牺牲了。

（摘自《读者》2022年第6期）

鲁迅的牙齿

李丹崖

提及鲁迅,很多人第一时间想到的就是他炯炯有神的双眼、倔强的板寸、浓密的胡须,还有他以笔为刃写出来的文字。鲁迅善于说真话,见到不平事也喜欢用文字直抒胸臆,很多人都觉得他是个铁齿铜牙之人。没错,在文学和文化界,鲁迅的确是铁齿铜牙,可在现实生活中,他本人的牙齿并不怎么好。

因为遗传,鲁迅继承了父亲周伯宜的牙齿病,这造成他牙齿的"先天不足"。他自己也曾说过:"我从小就是牙痛党之一。听说牙齿性质的好坏,也有遗传的,那么,这就是我父亲赏给我的一份遗产,因为他牙齿也很坏。"

如果单纯是遗传,也没有什么。后天的变故,也让鲁迅的牙齿接二连三地"蒙难"。

1922年，鲁迅参加了祭孔典礼之后，坐黄包车回去，在路上发生车祸，整个人飞了出去。当时他手插在兜里，来不及采取应急措施，不幸脸着地了，摔掉了两颗门牙。鲁迅说："我手在袋里，来不及抵按，结果便只好和地母接吻，以门牙为牺牲了。"

鲁迅摔掉门牙之后，吃东西自然十分不方便。这两颗门牙到第二年才补上，当然，用的是义齿。

1930年3月24日，因为牙齿疼痛难耐，鲁迅找到自己的医生好友，拔掉了病坏的牙齿。这一点，在《鲁迅日记》中有记载："下牙肿痛，因请高桥医生将所余之牙全行拔去，共五枚，豫付泉（钱）五十。"

自此之后，鲁迅就靠义齿过活了。牙不好，吃起东西来自然是不香甜的，所以鲁迅晚年瘦骨嶙峋，与牙齿不好也有很大的关系。

鲁迅的骨头很硬，但硬汉也有其柔弱的一面，这种柔弱不仅体现在他对待朋友春风般的温情，还体现在他牙齿的脆弱上。牙齿的病痛常常让他夜不能寐，据资料记载，他曾多次做刮齿，就是去除牙结石的一种小手术，也就是现在的洗牙。

不好的生活习惯也为鲁迅的牙齿问题埋下了祸根。鲁迅常常写文章到深夜，熬夜伤身体，加之他有午夜吃甜点的习惯，这对牙齿非常不好。比如，他喜欢吃蜜糖浆做成的萨其马，还有在《弄堂生意古今谈》中，他提到的一种糕点：玫瑰白糖伦教糕。甜食对牙齿的危害不言而喻。

牙齿问题并没有让鲁迅的精神劲头有所衰减，也没有让他以文字为投枪和匕首的斗志有丝毫减损。

在电影《黄金时代》中，鲁迅先生躺在昏黄的光线里，对萧红说了这样一段话："我三十岁不到，牙齿就掉光了，满口义齿。我戒酒，吃鱼肝油，以望延长我的生命，倒不尽是为了我的爱人，大半是为了我的敌人。

我自己知道的,我并不大度。"

  是的,正因为鲁迅的心中装着一腔与敌人对抗的熊熊烈火,他才丝毫不把牙齿的病痛放在眼里。没有牙齿的嘴巴并不干瘪,齿是空寒的,唇却是暖的,心更是炙热的。所以,他的文字犹如岩浆,流淌之处,皆熔铸成丰碑。

(摘自《读者》2021年第6期)

老人叶圣陶

马未都

那年月被人带去朋友家串门是很有面子的事情,有一天表哥跟我说,带你去叶三午家玩玩,我欣然随之前往。

叶三午是表哥的同事,因工伤而驼背严重,走起路来像个老年人。他见我面就随口叫我未都,和一家人一样。

我那时年少,在叶三午眼中可能傻傻的。三午属马,祖父叶圣陶、父亲叶至善都属马,叶三午是长子长孙,祖孙三代甲午、戊午、壬午均相隔廿四年,叶圣陶老人给长孙起名"三午",大巧若拙,似俗实雅。

一开始,我没敢问,一直以为"三午"是"三五",因为小学同学有叫六一、八一的,名字都与节日有关。我们小时候每年三月五日都要学雷锋,我无知地猜测这名字是否与此有关,谁知此"三五"非彼"三午"。

在我眼中,叶三午是个优雅的"愤青",张嘴说的都是俄国文学、英法文学，表达时好夹杂点儿不太脏的脏话。在三午的家里聊天，时不时地会来客人，我都不认识，因为来人都比我大。多年后，看一些回忆他的文章说，来人多是名流，可惜我都不认识。

三午对科技产品很有兴趣，他有老式留声机，那时讲究听唱片；还有照相机，我记得他的老式相机是德国产的。莱卡与蔡司这些词，我年轻的时候光听到就涌起一股神秘感。

我记得至少去过叶家三次，都未能见到叶圣陶老人，只是老听三午说爷爷如何如何。他房间的墙上挂着一副爷爷写的篆书字对，"观钓颇逾垂钓趣，种花何问看花谁"。当时我认不全，尤其"垂"字，篆书字形奇特。我是问了三午才知道的。三午说，爷爷写的，爷爷最爱写这字对。我那时理解这字对的内容有些吃力，懵懵懂懂，深层之意弄不明白。很多年后在一场拍卖会预展上看见叶老同样内容的一副字对，上面有关于此对的说明，叶老写道："此为一九三九年所作《浣溪沙》中语，时余全家居四川乐山城外草舍，篱内二弓地略栽花木，篱外不远临小溪，偶有垂钓者，溪声静夜可闻。"

为了弄懂叶老释语中的"二弓地"，我还去查了字典。弓为丈量土地的器具，形状似弓，两端距离五尺。那么二弓地就是十尺，想来叶老在四川的草舍素朴，院落窄仄，可风景独好，触景生情的叶老才写下这富于哲理的名句。这话每过十年再读，感受都有不同：少时读之，旁观亦麻木；壮年读之，介入找感觉；中年读之，寻味有触动；今天读之，方知何为追求何为放弃。

表哥可能看出来我想见见叶老，遂对三午说，哪天让未都见见爷爷。三午的西屋常常满座，各路"神仙"，喜诗、喜文学、喜音乐、喜杂七杂八的，都是悄悄来悄悄走，少去惊动爷爷。爷爷住的北屋，在我眼中高山仰止，有一圈耀眼的光环。爷爷的文章收进课本，凡写进课本的文章在我眼中都是范文，高不可及。三午马上说，想见爷爷就今天，一会儿爷爷醒了就去。

我听了这话多多少少有些紧张。没等多久，三午就说，爷爷醒了，一会儿就在院子里和爷爷打个招呼。我和表哥随同叶三午走进院子时，叶圣陶老人正坐在树荫下的藤椅上，笑容可掬。我随三午叫了声"爷爷"，就再没敢说什么，三午就热情地将我与表哥的关系给爷爷介绍了一下，我想爷爷一定没听进去，但他仍频频点头，伸手拉住我。

我那时太年轻，自认为还是孩子，看爷爷完全是个传说中的老人。年轻时"老人"这一概念是神圣的，虽然与爷爷手拉着手，但仍感觉与爷爷隔着万水千山。爷爷太高大了，他再亲切和蔼也还是高大，他问了什么我都忘了，当然也想不起我说了什么。

去三午家是我最喜欢的事情，原因是总有意想不到的收获。那时人对文学的追求与向往是今天的年轻人所不能理解的，今天的孩子们可能是文学营养过剩了，反倒失去了对文学的兴趣。排队买书的景象再也看不见了，即便有人扎堆买书，也可能是追星一族的作为。而我们年轻时对书的喜爱只有"如饥似渴"能够形容。三午家永远有书，其中有些在当年算是禁书。古人读书有两种境界最诱人，一是"红袖添香夜读书"，二是"雪夜闭门读禁书"。我们这一代人最能读书的日子是反锁房门，备好凉水干粮读得昏天黑地。到"文革"后期，禁锢的门渐渐松开一条缝，禁书已可以公开谈论了，于是读书迎来了黄金时代。

有一次在三午家，我看见一本巴尔扎克的《高老头》，灰色硬皮封面，装帧朴素。我打开一看，扉页上有翻译家傅雷先生用毛笔写给叶圣陶老人的字样：圣陶先生教正。那是我第一次知道傅雷先生，这一深刻印象让我后来在出版社工作时斥资买齐了十五卷的《傅雷译文集》，至今还高高地搁在书房书柜的最上层。

看见《高老头》，我心中痒痒，没敢开口，表哥看出了我的心思，就替我向三午借。那年月，书都是借来借去的，不像今天书买了也常常不读。三午大方地将《高老头》借给了表哥，说："朱都也读读，不着急还。"

巴尔扎克的所有作品中，《高老头》最让我刻骨铭心，因为这本珍贵的傅雷先生签名送给叶圣陶老人的书让我给弄丢了。严格地说是我的朋友弄丢的，当时的情况是朋友死乞白赖地非要先睹为快，我一时面薄，让他先读，可谁知他将书夹在自行车后架上丢了，丢了以后找了很久也没找到。

这件事让我内疚自责了很长时间，无法面对表哥与三午。从那之后，我才明白为什么古人常爱定下规矩：书与老婆概不出借。

丢书的事和三午说时我吞吞吐吐，三午却没埋怨我一句，反倒安慰我。他岔开话题缓解气氛，从大抽屉里取出一件弘一法师写的斗方，四个大字写得不食人间烟火：如梦如幻。三午说，这是李叔同送给爷爷的，他们很要好，这是他专门写给爷爷的，出自《金刚经》。"如梦如幻"在我年轻的多梦时节，有一种醉人的氤氲之气，自下而升，轻松透骨。这让我对爷爷充满了神圣的敬意。

从那以后我再去叶家，不知为什么总希望见到叶老，有时从窗户上偷窥，偶尔看见他独坐于藤椅上发呆，老人发呆非常可爱，显得深沉宁静。叶圣陶老人比我年长一个甲子，慈眉善目，神态祥和，符合传说中的神仙相貌；每当夕阳西下，余晖满天之时，爷爷如雕像般静坐丁香树下，让我深深感到修炼的力量。一位中国近代史上的知名学者，没有什么现成的词语可以描绘他，只有一个神圣的称谓最符合他的身份：老人。

老人叶圣陶在我的生命旅途中是一道灿烂的风景，一闪即过。但这道风景像一幅定格的照片永远摆在了我心中的案头，什么时候看它一眼，什么时候就有所收获，如同读陶渊明的《归去来兮辞》。

（摘自《读者》2022 年第 2 期）

我们有一身坚硬的骨头

张达明

在抗日战争最艰苦的日子里,数学家华罗庚仍坚持写作《堆垒素数论》。当时没地方住,全家就住在牛棚里。每天晚上,他窝在牛棚的上层,一灯如豆,下层则是牛在啃草反刍,还不时在柱子上蹭痒,每当这时,牛棚便摇摇欲坠,大有倾倒之势。

虽然如此,但华罗庚依然将正在写的《堆垒素数论》视为生命。一天,别人给他的妻子吴筱元送了两枚鸡蛋,吴筱元煮了一枚,想给华罗庚补身体,华罗庚却对她说:"你把它分成5份,全家每人一份。"然后,他只将自己的那一份吃了。妻子望着剩下的4瓣鸡蛋,难过得泪如雨下。华罗庚安慰她:"别伤心了,等《堆垒素数论》出版后,咱们就去割几斤大肥肉,全家人美美地吃一顿。要是还有余钱,就给你和孩子们每人添一件新衣服,然后再给我买两包烟,真想抽一支烟啊。"

经过两年的呕心沥血，30万字的《堆垒素数论》终于在1942年年底完成。为尽快实现割肉、买衣、抽烟的愿望，华罗庚将书稿寄给了重庆的"中央研究院"。然而，在漫长的等待中，他没有看到肥肉和妻儿的新衣服，也没有换来盼望已久的两包香烟，却在半年后等来手稿遗失的噩耗。那一刻，华罗庚晕倒在了牛棚里！

凭着坚强的意志，华罗庚又重新站起来，开始了第二次写作。两年后，他再次完成了《堆垒素数论》，并由苏联科学院出版。由此，一颗35岁的数学新星冉冉升起。

华罗庚后来回忆道："当时有句话叫'教授教授，越教越瘦'。记得有这么个故事，教授在前面走，要饭的在后面跟，跟了一条街，前面的教授回头说'我是教授'，要饭的听后就跑掉了，因为他也知道，教授没有钱。但是，我们有一身坚硬的骨头，这是任何力量也击不垮的！"

（摘自《读者》2021年第14期）

他写出了中国第一首小提琴曲

陈 琛

李四光是我国著名科学家、社会活动家和教育家，他是中国地质科学奠基人之一，共和国地质事业的主要领导人和开拓者。但很少有人知道，他还写过一首小提琴曲《行路难》。

李四光早年追随孙中山参加辛亥革命，后赴英国学习地质，毕生研究地球科学，为地质学的进步和发展做出了杰出的贡献。他实现了创立地质力学理论、撰写《中国地质学》、系统研究微体古生物科化石，以及发现中国第四纪冰川等诸多重大理论创新和科学发现，堪称学术巨人。

李四光作为共和国地质工作的主要领导人，为推进我国的工业化进程，立下了不朽的功勋。他运用地质力学理论指导全国石油地质普查工作，对大庆、胜利等油田的发现做出了重大贡献。他也是我国较早关注原子能利用问题的科学家之一。

但李四光先生不仅是一位伟大的科学家，他与音乐也有一定的渊源。

他青年时就喜欢音乐，小提琴拉得不错，在英国留学期间，他创作了中国第一首小提琴曲《行路难》。

1919年11月，毕业回国途中，李四光前往巴黎做报告。为抒发感怀人生的心情，他在随身携带的一张五线谱稿纸上写了几句乐曲，共5行19小节，并将自己的英文名（J.S.Lee）和创作时间（22日）、地点（巴黎）写在上面。

翌年一月，他又在这张五线谱的背面，以"行路难"为题，写了一首完整的小提琴曲。他还在稿纸的右上角注明"仲揆"二字，在曲谱的右边写下"1920年正月作于巴黎"等字样。乐曲写好后，李四光请好友萧友梅指正，此曲手稿一直保存在萧氏手中。

《行路难》的创作和李四光先生本人的境遇相符合。他早年参加同盟会，虽然革命成功，却遇到袁世凯、张勋等复辟者，此后各地军阀混战，真是"欲渡黄河冰塞川，将登太行雪满山"。他远渡重洋求学，却始终心系祖国。

硕士毕业后，他受北京大学校长蔡元培的力邀，回来报效国家，这是他心向往之的奋斗目标，也是他创作《行路难》一曲的直接原因。

《行路难》这首乐曲是由上海音乐学院中国近现代音乐史学科的陈聆群教授发现并考证的，原件现藏于上海音乐学院图书馆特藏室。

1990年3月，陈聆群教授为编纂《萧友梅文集》，专程赴北京探望萧友梅的侄女萧淑娴。萧淑娴告诉他，李四光曾作过一曲，交给了萧友梅。她叮嘱道，可在二叔（即萧友梅）的遗物中找。陈教授回沪后，在一包学生的文稿中发现了这份乐稿，五线谱眉端工工整整地写着曲名"行路难"（1920年正月作于巴黎）。

（摘自《读者》2019年第24期）

许先生

路　明

　　见到许伯威先生时，他已经七十岁了。这位国内顶尖的理论物理学家，在校方的邀请下重新出山，给我们这些本科生上量子力学。

　　许先生一头白发，总是穿一件灰色的夹克衫，朴素干净；夏天则是灰色短袖衬衫。量子力学是物理系学生公认最难的课程。许先生讲课不用投影仪，不用幻灯机，坚持写板书。从普朗克到薛定谔，从海森堡到狄拉克，涉及无数抽象的演绎与推导。许先生每次上课都密密麻麻地写满四大块黑板，擦掉，再写满。逻辑清晰，一丝不乱。

　　被问起缘何选择研究量子理论，许先生笑言，当年他在南开大学读研究生时，学校组织批判"资产阶级学术理论"，分配给许先生的任务是批判狄拉克的量子学说。

　　动乱中，这却是一个难得的可以静心读书的机会。许先生借"批判"

之名，系统钻研了狄拉克的理论，大为叹服，从此与量子结缘，矢志不渝。

1970年，"东方红一号"卫星上天时，先生正在甘肃农村劳动。他身边没有任何资料，硬是从牛顿定律出发，推导出整个力学体系，进而计算出"东方红一号"卫星的轨道参数。与官方公布的数据比较，几乎丝毫不差。

许先生说："当时那种喜悦之情，溢于言表；回头想，多少岁月蹉跎，情何以堪。"

许先生给我们上课的那个学期，正值"本科教学评估专家组"前来视察，学校极为重视。

系里召开大会，反复教导我们，万一遇上专家私访，该如何作答。

此外，为展示我校学子积极向上的精神面貌，各宿舍摊派一人，每天早上六点钟去体育馆打乒乓球。

教务处也不闲着，派出人手在各教学楼蹲守，专抓那些迟到、早退等"学风不正"的学生。抓到就记过，取消奖学金及保研资格。

一时间人心惶惶。

那天上午，许先生正上着课，一位教务处的领导冲进教室，揪住一个正趴着睡觉的学生，要记他的名。

我听见许先生的声音："请你出去。"

领导愣了："我在给你整顿课堂纪律呢。"

"那么，请你尊重我的课堂。"许先生顿了顿，一个字一个字地说，"我不希望学生上课睡觉，但我捍卫他们睡觉的权利。现在，请你出去。"

领导脸憋得通红，犹豫了一下，怏怏地走了。

课堂里掌声雷动，经久不息。

今天想起这段话，我依然抑制不住热泪滚滚。没错，我就是那个上课睡觉的本科生。

从那天起，我没在许先生的课上开过一分钟小差。期末成绩九十八分，是我本科四年的最高分。

我们是许先生教的最后一届学生。一年后，我直升本校研究生，后来又读了博，成为一名高校教师。

在我的课上，我坚持不点名。我对每一届学生说着许先生的话："我不希望你们翘课，但我捍卫你们翘课的权利。"

2007年4月29日，许先生因病去世。按先生遗愿，丧事从简，谢绝吊唁。噩耗传来，很多老师和学生哭了。

记得有一节课，讲到电子轨道的角动量，先生仿佛在无意中谈及生死——一个人的生死，对宇宙而言，真的不算什么。总质量守恒，总能量守恒，角动量守恒。生命不过是一个熵减到熵增的过程。始于尘土，终于尘土。

我不知道，一个生命对于另一个生命，究竟意味着什么？是一个粒子轰击另一个粒子，一个波经过另一个波，抑或是一个量子态纠缠着另一个量子态？我只知道，在那样一个时刻，有一个人、一句话击中了我，照亮了我，改变了我前行的方向。

永远怀念您，许先生。

（摘自《读者》2021年第21期）

深潜人生

张永胜　田清宏

回归祖国

2001年1月下旬的一天，在美国旧金山的家中，徐芑南接到来自中国无锡的越洋电话。电话是中国工程院院士、原中船重工第702研究所所长吴有生打来的。他兴奋地告诉徐芑南："老徐，7000米载人潜水器正式立项了，我们想来想去，决定请你回来，这个总设计师非你莫属！"

放下电话，徐芑南心潮起伏，思绪万千。

1958年，从上海交通大学船舶制造专业毕业的徐芑南，幸运地成为我国第一批海军舰船装备研发设计人员。当他来到702所报到后，原本设计水面舰船的他被派去做潜艇模型的水动力试验。由此，他的事业从水上"潜入"水下。

徐芑南主动要求到某潜艇基地当了一名舰务兵，把潜艇各个舱段的构造熟记于心。1个月后，他又要求去潜艇修理厂实习。这段经历，成为徐芑南人生中一段非常重要的时光，他说："我终于知道我干的是什么、该怎么干了，连看图纸的感觉都大不一样了。科技报国是我们那代人的梦想，早日研制出我国自己的载人深潜器，向蓝色海洋进军，探测深海的奥秘，是许多科学家的共同愿望，更是我一辈子的梦想。"

从潜艇基地回来后，徐芑南开始主持"深海模拟设备及系统"（简称压力筒设备）的设计和建造任务。当时国外对中国实行严密的技术封锁，凭借论文资料上美国海军实验室的一张照片，徐芑南和课题组成员只用了3年时间就自行研制出我国第一台压力筒设备。20世纪70年代，他又开创性地建成我国最大的压力筒设备。

共和国的潜艇在一穷二白的基础上起步，徐芑南从行车指挥，到设备安装，到试验测试，再到写分析报告，一路走来，成了所里的"多面手"。1996年，徐芑南因疾病缠身，办理了退休手续。1998年1月，他和夫人移居美国旧金山，与儿孙共享天伦之乐。

徐芑南夫人方之芬回忆说："当时接到电话，徐芑南一个劲地说，来不及了，要赶快回所里！"他不想让自己在有生之年留下遗憾，可是家人全部反对。当时他已经退休5年，还身患心脏病、高血压、偏头痛等多种疾病，回国担任这么大项目的总设计师，身体健康的人恐怕都难以承受，更何况一个疾病缠身的老人。

徐芑南对一向最懂自己的母亲说："我一辈子的梦想，就是为国家造出最好的潜水器。一思考潜水器的问题，我的头就不痛了，不思考就痛。现在国家需要我，我觉得我还是接下这个任务吧。"年近九旬的老母亲同意了，说："你去做吧，不让你去做，你会生病的。"

带着创造"中国深度"的梦想，徐芑南回到702所。一同归来的，还有他的夫人方之芬。夫妇俩把家安在了702所老宿舍楼里，一住就是10年。

蛟龙出海

按照国家"863计划"重大专项总设计师的任职要求，总设计师的年龄不能超过55岁，而徐芑南当时已经65岁。为此，科技部特地为他破例。对徐芑南来说，担任总设计师是一份责任，更是自己梦想的延续，他说："虽然我当时已退休5年，但是为了圆梦，我还是愿意多出一份力，多尽一份心。"

我国以前研制的载人潜水器最深只能下潜600米，要让一个载人深潜器，在短短数年之内就实现从600米到7000米深度的跨越，并非易事。"蛟龙号"立项之后，面临的最大难题就是专业人才缺乏。由于国外技术封锁，"蛟龙号"从最初的设计到最终的海试，都是由徐芑南和同事们自主研发完成。在克服了各种困难后，"蛟龙号"一浮出水面，就吸引了世界的目光。

2009年，"蛟龙号"第一次海试。彼时已73岁的徐芑南坚持登上"向阳红9号"工作母船，为海试"护航"。上船时，他所携带的花花绿绿的药品和氧气机、血压计等必备器械装满一个拉杆箱，"吃药就和吃饭一样"。

母船"向阳红9号"是一条旧船，条件很差，在长达40多天的海试中，叶菜只维持了两个星期，在随后的日子里，徐芑南和大家一样，每天吃的不是土豆烧萝卜，就是萝卜烧土豆。每次潜水器下潜，徐芑南从不坐在指挥室里，而是一连几小时值守在水面控制室，盯着海面，不放过水声通信传回来的每一句语音。当"蛟龙号"完成首次1000米海试，大家欢呼雀跃之际，劳累过度的徐芑南突发心绞痛，脸色苍白，虚汗淋漓。看着大家紧张的表情，他忙安慰说："没事的，你们忙吧，我躺一会儿就好了。"

2011年，"蛟龙号"冲刺5000米深海，完成136项科学试验，还采集到了素有"海底黑色黄金"之誉的锰结核矿石。一年后，"蛟龙号"成功突破7020米，下潜最深达7062米，不但刷新我国载人深潜新纪录，还创造了世界深潜奇迹。这标志着我国系统地掌握了大深度载人潜水器设计、建造和试验技术，成为继美、法、俄、日之后世界上第5个掌握大深度载人深潜技术的国家。

2012年6月24日，"蛟龙号"3名潜航员与"天宫一号"3名航天员成功实现"海天对话"，海天同庆，举国欢腾。徐芑南非常兴奋，这一刻，他等了一生，年轻时的心愿终于在76岁时圆满完成！他说："曾经以为这辈子这个梦想实现不了了，但现在得到这么好的结果，我无憾了！"2013年12月，徐芑南以77岁高龄当选中国工程院院士，是当年新当选院士中年龄最大的一位。当他在无锡702所办公室里得知这个好消息的时候，非常高兴，不仅为自己，也为702所这个集体。

相濡以沫

"在我心里，有一位特别想感谢的人，那就是我的夫人方之芬。没有她的协助，我的工作很难顺利进行。如果说在'蛟龙号'研制过程中我起了一点作用的话，那军功章里也有她的一半。"徐芑南说。

毕业于华东理工大学的方之芬和徐芑南一起回国后，也参加了课题组，既当助手，又做护工。徐芑南感慨地说："夫人带给我的不仅仅是家庭的温暖，还有研究过程中的扶持和协助。"

方之芬则说："他这个人，没有什么爱好，只喜欢自己的专业，其他的他都不在乎，只要为国家做出潜水器，他这一辈子就感到欣慰了。不管病有多重、人有多累，只要一提到潜水器，他就会精神抖擞。要是离开了潜水器，他就像丢了魂一样。"从美国回来的时候，方之芬带了许多速效救心丸，每次和徐芑南出门都要带在身边。她说："那时他有心脏病，严重的时候，他心脏早搏一天16000多次。每天夜晚，只要听不见他的呼噜声，我就会非常紧张，赶紧起来摸一摸他的心跳。"

徐芑南几乎每年都犯心脏病，他成了上海华山医院的常客。每次住院，医生都要求他至少住两个星期，可每次病情稍有好转，他就悄悄溜出医院。徐芑南知道，他等不起，"蛟龙号"的研发进度更等不起。熟悉他的老朋友担心地对他说："老徐，你这是拿命在拼啊！"徐芑南淡定地说："等'蛟龙号'完成7000米任务后，我就真的退休了，到时候休息时间多的是。"

由于长期用眼过度，徐芑南右眼视网膜脱落。纸上的资料，他只能用高倍放大镜一个字一个字地看。实验室里的那些仪器、电脑数据，他几乎看不见，这个时候，方之芬成了徐芑南的"眼睛"，把数学公式、海量数据、精密推算过程一点一点地念给他听，徐芑南一边用耳朵听，一边用脑子记，夫妻俩这样一念一听就是10年。

薪火相传

"蛟龙号"研制之初，面对一群初出茅庐的毛头小伙，徐芑南既像严父，又像慈母。"人人都是自己岗位上的主角，人人也是其他岗位上的配角,互相补台,互不拆台"是徐芑南坚持的一个原则。"蛟龙号"团队的成员跟着徐芑南学到的不仅是专业技术知识,更是淡泊名利、求真务实的科研精神。

醉心于科研的同时,徐芑南把更多的时间和精力放在新一代深海科研工作者的指导和培养上。他常常鼓励所里的年轻人:"江苏山明水秀,历来人杰地灵、人才辈出。这么好的地方,这么好的时代,正是你们年轻人出成绩的机会。"

如今的"蛟龙号"核心团队,除了当初徐芑南他们这一批年龄超过70岁的老科学家,更多的是正当壮年的技术骨干。"经过这10年,终于有一个团队,可以继承深潜事业了。"徐芑南欣慰地感慨。

2017年,81岁的徐芑南和老伴已定居在无锡。他说:"我这一生,有3个坐标,一个是我的祖籍浙江镇海,一个是我出生、成长的上海,还有一个就是江苏无锡。在江苏,我待的时间不是最长,但寄托的感情最深,因为,这里是我圆梦的地方。"

如今,徐芑南夫妇俩还经常到702所去走一走,看一看,问一问。深潜梦、海洋梦、强国梦,在他心底,从未停歇。

(摘自《读者》2019年第4期)

一生"诗舟"播美,百岁仍是少年

史竞男

北大畅春园,每至深夜,总有一盏灯亮起。那盏灯,属于翻译家许渊冲。它陪伴着他,在一个又一个黑夜,徜徉于唐诗宋词和莎士比亚的世界;它更陪伴着他,以笔为桨撑起生命之舟,涉渡时光之海……

2021年4月18日,许渊冲先生迎来了自己的100岁生日。

择一事

这位能够在古典与现代文学中纵横驰骋,在中、英、法文的世界里自由穿越的大师,并非天生。许渊冲说,他年少时是讨厌英文的,连字母都说不清楚,把w念成"打泼了油",把x念成"吓得要死",把sons(儿子)注音为"孙子"……谁知到了高二,他背熟30篇英文短文后,忽然开了窍，成绩一下子跃居全班第二。彼时，他的表叔、著名翻译家熊式一用英文写的剧本《王宝钏》和《西厢记》在欧美上演引起轰动，得到著名剧作家萧伯纳的高度评价，名声大噪，更被少年许渊冲视为偶像。

各种机缘巧合，冥冥中为成长之路伏下草蛇灰线。

1938年，17岁的许渊冲以优异成绩考入西南联大外文系，"从赣江的清水走向昆明的白云"。

"一年级我跟杨振宁同班，英文课也同班，教我们英文的是叶公超。他是钱锺书的老师，也是我的老师。还有吴宓，当时都很厉害。"

在这里，他与杨振宁、李政道、朱光亚同窗，听冯友兰、金岳霖讲哲学，朱自清、朱光潜讲散文，沈从文讲小说，闻一多讲诗词，曹禺讲戏剧，叶公超、钱锺书讲英文，吴宓讲欧洲文学史……在这里，他遇到莎士比亚、歌德、司汤达、普希金、果戈理、屠格涅夫、托尔斯泰、陀思妥耶夫斯基……"可以说是把我领进世界文学的大门了"。

他的翻译处女作诞生于大一。那时，在钱锺书的英文课上，他喜欢上一位女同学，为表达心意，便翻译了林徽因悼念徐志摩的小诗《别丢掉》："一样是月明/一样是隔山灯火/满天的星/只有人不见/梦似的挂起……"送出去却"石沉大海"。直到50年后，他获得翻译大奖，引起当年那位女同学关注，致信给他，才又忆起往事。"你看，失败也有失败的美。人生的最大乐趣，就是创造美、发现美。"他翻译每一句话，都追求比别人好，甚至比原文更好，"这个乐趣很大！这个乐趣是别人夺不走的，是自己的。"

浪漫情怀为他打开翻译世界的大门，而真正走上翻译之路的决定性时刻，出现于他在联大的第三年。

1941年，美国派出"飞虎队"援助中国对日作战，需要大批英文翻译。许渊冲和三十几个同学一起报了名。在纪念孙中山先生七十五周年诞辰的外宾招待会上,当有人提到"三民主义"时,翻译一时卡住,不知所措。有人译成"Nationality, people's sovereignty, people's livelihood",外宾听得莫名其妙。这时,许渊冲举起手,脱口而出:"Of the people, by the people, for the people!"简明又巧妙,外宾纷纷点头微笑。

小试锋芒后,他被分配到机要秘书室,负责将军事情报译成英文,送给陈纳德大队长。出色的表现,让他得到一枚镀金的"飞虎章",也获得梅贻琦校长的表扬。

在当年的日记中,年仅20岁的许渊冲写下:"大约翻译真是我的优势,我应该做创造美的工作了。"

自此,择一事,终一生。

专一业

"'To be or not to be',你说说该怎么翻?"许渊冲很喜欢问人这个问题。

"生存还是毁灭……"多数人会这样回答,毕竟朱生豪的这句译文已成经典。

"错!生存还是毁灭是国家民族的事情,哈姆雷特当时想的是他自己的处境,是他要不要活下去的问题!"每当听到这样的回答,他都会激动起来,一双大手在空中挥舞。

在翻译界,许渊冲大名鼎鼎、德高望重,但也争议不少。他绰号"许大炮",不仅人长得高大、嗓门大,也好辩论、爱"开炮"。

于学术,他是"少数派"。他坚持文学翻译是"三美""三之"的艺术,要追求"意美、音美和形美",使读者"知之、好之、乐之"。他总想通过"再创作"来"胜过原作",更将追求美、创造美视为毕生目标。而认为翻译应忠实于原文的人,指责许渊冲的译文与原文不符,"已经不是翻译,而是创作了"。对此,他毫不避讳,甚至将自己的译文比作"不忠实的美人"。

他经历过无数次笔墨相伐,但欣赏他、支持他的人也不在少数。

钱锺书对他颇为赏识,常以书信与他展开探讨,钱在信中提到两种方法:一种是无色玻璃翻译法,一种是有色玻璃翻译法。前者会得罪诗,后者会得罪译。两难相权择其轻,钱锺书宁愿得罪诗。而许渊冲认为求真是低标准,求美是高标准。"为了更美,没有什么清规戒律是不可打破的。"他说,"在不歪曲作者意思的情况下,翻译一定要把一个民族文化的味道、精髓、灵魂体现出来。只有坚持中国文化的美感,才能让中国文化走向世界。"也许,这就是他执着于意译的理由——让世界看到中国文化之美。

遇一人

许先生家里除了书,摆放最多的是与夫人照君的合影。夫人2018年去世,人们只能从照片中一睹伉俪情深。

虽然会写诗,更会译情诗,但如同那封"石沉大海"的信,许渊冲的感情生活一直波澜不惊。他追求过好几位心仪的女同学,"都落空了"。"联大男同学远远多于女同学,男女比例是10∶1,即使女同学全嫁给男同学,也有九成男同学找不到对象。"他这样安慰自己。

1959年除夕,38岁的许渊冲在北京欧美同学会的舞会上遇见了年轻美丽的照君,二人一见钟情,携手走进婚姻,相濡以沫60年。她不仅是妻子，也是许先生的生活助理、学术秘书，更是他的忠实粉丝——一路追随，永远崇拜。

这种爱，被纪录片《我的时代和我》用镜头捕捉下来。

"老伴儿，咱们什么时候开饭合适？"

"打完（字）就开饭。"

"打完大约还需要多长时间？"

"大约5点钟吧！还有一个钟头。"

他坐在电脑前，头也不抬。她在一旁轻声低语，搓着双手。画面一转，时钟滴答作响，已经快7点了。那年，她85岁。这样的等待与陪伴，早已是家常便饭。

他们一起走过风风雨雨。"文革"中他挨批斗，屁股被鞭子抽成"紫茄子"，她找来救生圈，吹起来给他当座椅；他骨折入院，嚷嚷"我要出院！我还有很多工作没做"，她含泪劝慰，"你呀，不要动，不要孩子气，一切听医生的"；他上电视一夜走红，来访者蜂拥而至，她替他挡在门外……在她心里，比她大12岁的许渊冲永远像个两岁的孩子，她爱他的纯真，爱他"灵魂里不沾染别的东西"。他坦荡如砥、心直口快，从不在人情世故上费心思，她在背后默默打理着一切，让他安心沉浸于美的世界。

她是最懂他的人，常说："许先生很爱美，唯美主义，他一生都在追求美。"从工作到生活，从外表到灵魂，无不如此。

他有多爱美呢？接受采访，一定要穿上细格子西装搭粗格子围巾，浅棕加深灰，几乎成了"标配"。出门，风衣、皮靴、帽子、墨镜，一样都不能少。别人夸他100岁了还是很帅，他哈哈大笑，说："还可以吧！"

晚饭后，他总要骑自行车去吹吹风，看看月亮。纪录片用镜头跟踪他骑车的背影，虽然有些佝偻，却如追风少年。

直到那一夜，他骑车驶向一条新修的路，摔倒了。"倒了霉了，月亮下看见很亮的路，看不到坡啊！月光如水，从某种意义上讲还摔得蛮美的……"那晚是中秋夜，月色正美。

遗憾的是，纪录片上映时，夫人已去世两个月。观众席上，有人发现了许渊冲先生，掌声雷动。"今天许先生本人也来了，他其实没有别的意思，就是想再多看一眼奶奶。"导演在放映结束后的一席话，让很多观众潸然泪下。

夫人离开的第二天，学生们到他家中探望。他们担心已经97岁的老先生撑不住，结果惊讶地看到，许渊冲还是纹丝不动地坐在电脑前，他正在翻译英国作家、唯美主义代表人物奥斯卡·王尔德的全集。他说自己几乎彻夜未眠，一个人坐在电脑前想了很久，然后翻开王尔德的书。"不用担心我，只要我继续沉浸在翻译的世界里，就垮不了。"

不管风吹浪打，胜似闲庭信步般走过一个世纪，他的秘诀就是如此简单——心无旁骛。"我为什么能活这么久？因为我每天都在创造美。我的翻译是在为世界创造美。"

他最爱的月亮，早已融入他的生活、生命，成为一种人生意象。1938年11月4日，刚刚考入西南联大外文系的许渊冲在日记中兴奋地写下："今夜月很亮，喝了两杯酒，带着三分醉，走到操场上，看着半圆月，忆起往事，更是心醉神迷。"

百年如白驹过隙，转眼已至期颐。天边还是那轮明月，清辉之下，他将光阴幻化成诗，留下永恒之美。

他挥洒着诗意，走过百岁人生。

（摘自《读者》2021年第12期）

禾下长梦

摩登中产

一

袁隆平在重庆读大学时，有同学在嘉陵江失踪，他跳江搜寻，顺流而下，一口气游了5000多米。

他是游泳健将，读中学时得过游泳选拔赛100米和400米两个第一，还得过省体育运动会游泳项目的银牌。

1952年，贺龙主持西南地区运动会，袁隆平代表川东到成都参赛。他因好奇龙抄手等小吃，吃完后身体不适，表现不佳，最终得了第四名，而前三名都入选了国家队。

返回大学后，他报名参加空军，在800多报名者中脱颖而出，然而因抗美援朝战事放缓，他又被退回。

好友为他忧心，他却毫不在意，自我评价：生性散漫，喜欢过率性而为的生活。

他读的是农学院，在毕业分配表格上，随手填下"愿意到长江流域工作"，最终被分配到湘西的安江农校。

同学在地图上找了半天没找到，告诉他那里比较偏，会一盏孤灯照终身。袁隆平说："没事，寂寞时我就拉小提琴。"

他从重庆坐船到武汉，再从武汉坐火车到长沙，然后坐了两天烧炭的汽车，翻过雪峰山，最终到了安江。

校长生怕大学生跑了，特别强调学校有电灯，但令袁隆平更满意的是，学校旁边就是沅江，他放下行李就去游泳。

最开始，袁隆平负责教俄语，但很快改教遗传学。读大学时，他的专业是遗传育种，然而开始教书后，他才发现学校没有教材。于是，他带学生去雪峰山采集标本，自制图表，自编教材，在班上成立科研小组，做农学实验。

他时常想起小时候看的《摩登时代》，卓别林想喝牛奶，招手奶牛即来；想吃水果，手伸到窗外就摘。一个时代的摩登，根基在田园。

他开始做嫁接实验，让红薯上开月光花，让番茄下结马铃薯，让南瓜秧上长出西瓜："当年结了一个瓜，南瓜不像南瓜，西瓜不像西瓜，拿到教室让学生看，大家哄堂大笑，吃起来味道也怪怪的，不好吃。"

欢乐的实验很快戛然而止，"三年困难时期"到来。袁隆平在自传中说，亲眼看见饥饿的人倒在路边、田埂边和桥底下。

有人发明了"双蒸饭"，饭蒸两次后，会看着多一些。袁隆平几次梦见吃扣肉，醒来才知是南柯一梦。

他因此开始研究水稻。

1961年7月,他在田间偶然发现一棵鹤立鸡群的稻株。稻株的稻穗低垂,颗粒饱满,推算下来,用其做种子,水稻产量能翻一倍。他小心翼翼地培育了一年,但新稻田的收获令人失望。他坐在田埂上反思,意外地想明白了水稻杂交的可能性。

一切工作的关键变成寻找野生不育株。他带个水壶,前往稻田,寻找天然的特殊稻苗。多年后,他才知道,那个概率是1/50000。14天后,他在14万株稻苗间,找到了第一代不育株,并以此写了论文。1966年,他的论文发表在中国科学院主办的《科学通报》上。

他因那篇论文被高层关注,得以继续研究,然而妒者甚多:中专教师能搞什么研究,不过是骗取国家经费罢了。

1968年夏天,袁隆平培育的不育株一夜之间被人拔光。袁隆平四处寻找,3天后,在一口井中发现水面上浮着5株秧苗。

那5株秧苗成为宝贵的延续。此后为了安全,袁隆平带着两名助手,远行广东、广西、云南和海南。

在云南,他们遭遇滇南大地震,从废墟中抢出种子。在海南三亚,他们碰到大洪水,只得将秧苗带着土挖出,放到门板上,漂游转移。在海南时日子清苦,他们唯一的福利就是从老家带去的腊肉,但只有在特殊日子才能吃,若平时想吃,需举手表决。

1970年,袁隆平的助手李必湖在铁路涵洞的水洼中,发现了一棵野生的不育株。袁隆平从外地赶回,将其命名为"野败"。

"它像一堆野草,叶子一碰就掉了。"在当时,众人未曾料到,"野败"会成为奇迹的起点。

二

袁隆平研究发现,"野败"完全符合培育需求,18个省市的科研人员赶赴三亚,水稻杂交的浪潮自此开始。

1975年,南方的杂交水稻种植面积仅370公顷,一年后便飞跃至13.87万公顷,两年后激增至210万公顷。

袁隆平的事迹传遍神州,被写入课本。对这片饱经风霜的土地而言,吃饱饭的意义不言而喻。

1981年,袁隆平被国务院授予"特等发明奖",他也成为继陈景润之后,新的科学偶像。1982年,袁隆平受邀前往菲律宾,参加国际水稻学术报告会。登台后,投影仪忽然打出他的头像,下面写着"Yuan Long-ping, the Father of Hybrid Rice(袁隆平——杂交水稻之父)"。主办方的代表说:"我们把袁隆平先生称为'杂交水稻之父',他是当之无愧的。他的成就不仅是中国的骄傲,也是世界的骄傲。他的成就给世界带来了福音。"

事实上,早在1979年,袁隆平便已在国际会议上推广中国的杂交水稻,来自20多个国家的专家听得聚精会神。

会后不久,美国企业来华签订协议,要在美国种植杂交水稻,这是中国农业领域第一个对外技术转让合同。袁隆平5次赴美传授技术,骑自行车往来于美国的稻田。种植杂交水稻的稻田增产明显,美方震惊,特意到湖南拍了一部彩色纪录片,名叫《在中华人民共和国的花园里——中国杂交水稻的故事》。

杂交水稻迅速风靡世界,日本出版了《神奇水稻的威胁》一书,菲律宾总统飞到北京给袁隆平颁发勋章。

袁隆平的学生到东南亚的一些地区传授技术,因在政府军和反政府军交错地带工作，多次被绑架，但绑架者听说他是粮食专家，总会立即释放。在更远的非洲马达加斯加，杂交水稻解决了当地的温饱问题，被印在面额最大的货币上。袁隆平说，当时种植杂交水稻的国家有20多个，其中一个是印度，吃大米的人有八九亿，还有一个是越南，吃大米的人有六七千万。

成名后，袁隆平接受采访时，反复提及他有两个梦：一个梦，是他在稻田中睡觉，水稻像高粱一样高，稻穗像扫帚一样长，籽粒像花生一样大，他称其为"禾下乘凉梦"；另一个梦，是杂交水稻覆盖全球。若全球的稻田有一半种上杂交水稻，可多养活四亿到五亿人。

他倾其一生，希望实现两个梦。

三

20世纪90年代，袁隆平3次被推荐为中国科学院院士候选人，3次落选。舆论为他抱不平，但袁隆平淡然处之，"我搞杂交水稻研究不是为了当院士，没评上院士说明我的水平不够"。1995年，袁隆平成功当选中国工程院院士。2006年，袁隆平被推选为美国科学院外籍院士。在新当选院士的就职典礼上，美国科学院院长、诺贝尔奖得主西瑟·罗纳介绍袁隆平时说："袁隆平先生发明的杂交水稻技术，为世界粮食安全做出了杰出贡献，增产的粮食每年为世界解决了7000万人的吃饭问题。"

参会后，在美国白宫前，袁隆平被中国游客发现，人们纷纷要求合影和签名，有人喊他"伟大的科学家"。在自传中，袁隆平说，这让他诚惶诚恐，"不是伟大，是尾巴大，尾巴大了也有好处，就是不能翘尾巴"。

亲历近一个世纪的人生激流，袁隆平早知浮沉真意，高楼大厦让他压抑，他的梦终究还是在稻田之中。

晚年的袁隆平，活得越来越有青年时自在的感觉。他尽力远离喧嚣，说话也越来越直率。他写自传，说上学时爱睡懒觉，说他也在乎名利，只是不放在第一位。常有记者让他到稻田里拉着小提琴摆拍，最后他直言说自己拉得不好听。有记者问他："您是几代人都非常敬佩的偶像，能给年轻人一些人生方面的建议吗？"他回答："人生啊？这是哲学问题，我不懂，问哲学家吧！"

他的爱好只剩运动和看书。他一度迷上气排球，打球时老人高度兴奋，其他人忘记比分，他一定记得。几年前，因为气喘，他被迫放弃游泳，此后，走路也需要人搀扶。所幸看书不受影响，老人每周有3天看专业书，其他时间看文史、地理，以及其他专业之外的书。他说，运动和看书的目的，是让脑子灵活，让他还能够下田。

2020年11月，袁隆平的团队培育的第三代杂交水稻亩产达到1530.76公斤，刷新了世界纪录。他流泪了。对年逾九十的袁隆平而言，世事已难让他动情，除了禾下的梦。

然而，他无法再目睹两个梦的后续。2021年5月22日13时07分，袁隆平与世长辞。

悲怆之情在社交媒体上蔓延，不同年龄的人都在表达哀思。有的人平时沉默寡言，但离去时总让国人心头一空。

91岁的袁隆平，大半生在稻田之中。当我们见多了天马行空、光怪陆离的事，想起他，总觉得安心和有底气。

长沙市民自发送别袁隆平，浩荡的人潮拥入街巷。这是最朴素，也是最厚重的致意。那人潮，就像他曾经畅游的嘉陵江、沅江和长江。

江涛阵阵，送别一位老人。

（摘自《读者》2021年第13期）

被石油点燃的激情岁月

肖 瑶

曾有一个时代，一面沉浸在思想革命的沐浴与洗礼中，一面在科学技术的激流里开拓勇进。

曾有那么一拨人，在孤独的黑夜中坚定求索，在民族苦难的阴霾下负重前行。

科技兴国是一条不流血的革命之路，没有硝烟弥漫，也不大适合被搬上银幕。在拨云见日那天到来之前，这条路上充斥着黑暗与孤独，质疑和阻挠。筚路蓝缕，李四光一步步地走，每一步都精确到"0.85米"，将它留在肌肉记忆里。他对学生说，搞地质研究要到野外考察，脚步就是测量土地、计算岩石的尺子，因此，"每一步的长度都要相等"。

蔚为国用

1894年8月，硝烟弥漫黄海海域。有着"亚洲第一"之称的北洋水师几乎全军覆没，溃败在耻辱之海。《马关条约》进一步昭告了国运的殇失，整个东亚格局与秩序被重塑。

经此一役，中国各个领域具有革故鼎新思想的人，开始痛定思痛：海战决定国力胜负，海权就是主导权。然而，彼时朝廷腐败，清军"专守防御""避战保船"，海权意识薄弱，海军的力量从根本上是站不起来的，是"纸糊的破屋"，一次次泡在注满血与汗的海水里。

但"造船"的理想，已经在一个年仅5岁的湖北少年心里悄然生根。

1904年5月，入武昌高等小学学堂还未满两年，14岁的李四光便凭借第一名的成绩被保送到日本公费留学，学习造船机械。

身在中国的仁人志士投身反帝爱国运动，远在东洋的革命志士，在思考如何利用西方先进技术强兵富国。

在这样的氛围下，李四光相继结识了宋教仁、马君武等一批倡导民主革命的思想家，父亲言传身教的救国使命感，也无数次回荡在他心头。

1905年，李四光参与了中国同盟会筹备会，认识了孙中山先生，孙先生亲口勉励他："努力向学，蔚为国用。"这8个字，后来也成为李四光求学与创新征程上的核心信念。

在某种程度上，对科学的热情与对革命的激情是相斥的，一个需要太平宁静的环境，一个需要热血与冲动。但在年仅16岁的李四光身上，它们不仅共存，且相辅相成，甚至互为因果。

不过，在当时那个少年心中，救国道路还未能与科学紧密联系，他的理想更接近"军事救国"。1911年冬天，李四光回国后不到一年，辛亥革命爆发了，李四光毅然参加了革命，随后，湖北军政府将年仅22岁的他推举为实业部部长。

然而，袁世凯很快上台篡夺了革命果实。李四光眼见实业兴国的蓝图一时间化为泡影，便以"鄂中财政奇绌，办事棘手"为由辞了职。

1913年，孙中山在二次革命失败后去了日本，李四光愈发感到"力量不够，造反不成，一肚子秽气，计算年龄还不太大，不如读书十年"。他看见"科学报国"的时机尚不成熟，真正的革命，或不在一兵一卒。正所谓"邦有道，则仕；邦无道，则可卷而怀之"。

同年夏天，李四光第二次离开祖国，前往英国伯明翰大学求学。随着第一次世界大战的爆发，不少留学生在战火与硝烟的夹缝中生存，李四光在学业方面的志向，也开始悄然发生转变。

当年从日本回来时，李四光看到，中国连一座像样的铁矿都没有，而没有铁，就炼不出钢，就造不出坚船利炮。因此，他决心学习采矿专业。

一年后，他又发现，中国的采矿业缺乏地质学的指导，就像打仗没有兵法，即便地下有矿，也不知往哪里挖。

"光会采矿是不行的。中国虽然地大物博，但是科学落后。如果我们自己不能找矿，将来也不过是给洋人当矿工。"

1919年，李四光获得了地质学硕士学位，导师包尔顿教授劝他在英国继续深造，获得博士学位后再回国。但时逢五四运动爆发，祖国的革命热潮深深吸引着李四光。

同年秋末，他放弃了高薪邀请，途经欧洲，辗转回国，接受了蔡元培的聘请，到北京大学当教授。

我对大地构造有些不同看法

早些年在北京大学的日子里，为了弄清楚中国煤矿资源的分布情况，除教学外，李四光数年如一日地持续研究一种蜓科化石。地质学的重大突破，也是从这里开始的。

"蜓科"是李四光自己命名的，这种最初出现于中石炭纪的微体古生物，历来是划分地质年代的一种重要化石。

20世纪20年代至30年代，李四光几乎走遍我国山川河海，通过对大同盆地、太行山麓及庐山等地的长期考察，最终确认中国存在第四纪冰川。

1926年，李四光在中国地质学会上第一次对石油地质史的铁律质疑：找油的关键不在于是海相地层还是陆相地层，而在于有没有生油和储油的条件。

"我国有大面积的沉降带，这就有良好的土壤条件，一定能找到石油。"

但以美国地质学家维理士为代表的一些学者，对中国人研究地质理论问题，摆出一副极其轻视和鄙薄的样子，认为李四光"态度十分傲慢"。自奥地利地质学家苏士之后，西方地质学界对于东亚构造的认识，要么是这块大陆发育不良，要么是语焉不详。

李四光却愈加坚定，"从一开始，在地壳运动和地质力学的研究方面，我就不愿意跟着外国人走"。

北伐战争开始后，北京大学的教学一度中断。1928年1月，南京政府成立地质研究所，李四光担任所长，同时兼任北京大学地质系教授。

然而，由于战乱，地质研究所不仅物资不到位，还不得不多次搬迁。李四光等人常常扛着"地质研究所"的牌子在大马路上跑来跑去，直到

1932年位于南京鸡鸣寺路的办公楼建成，地质研究所才最终安定下来。

1929年5月4日，一个笔名为"醉梦人"的读者向上海《生活》周刊投稿，提出"吾国何时可稻产自丰、谷产自足，不忧饥馑？吾国何时可自产水笔、灯罩、自行车、人工车等物什，供国人生存之需？吾国何时可产巨量之钢铁、枪炮、舰船，供给吾国之边防军？吾国何时可行义务之初级教育、兴十万之中级学堂、育百万之高级学子？"等十问。文末，作者自问自答："私以为，能实现十之五六者，则国家幸甚，国人幸甚！"

1944年8月，桂林沦陷，李四光逃往重庆避难。蒋介石正在重庆，一直很欣赏李四光，遂邀请他加入国民党，并担任中央大学的校长。但李四光一口回绝：自己是搞科学研究的，不会当校长。

拒绝了蒋介石，李四光却主动到最得意的学生朱森执教的重庆大学讲课，并开设了中国第一个石油专业。

辗转归国，行路难

1949年9月，英国伦敦，一个深夜，李四光将一些文章手稿、几本地质书、护照、几件换洗衣服及5英镑的旅行支票郑重地塞进一个小公文箱，然后嘱咐夫人许淑彬把原来买的船票退掉，先搬到剑桥和女儿一起住，等待他的消息。

普利茅斯港是一个货运港，从那里乘船去法国，不容易引起注意。彼时，战火刚息，开往远东的船非常稀少，一旦错过，至少等半年才能有机会回国。

早在1948年2月初，李四光代表中国地质学会到英国参加第18届国际地质大会，会后便留在英国做地质考察工作。

1949年5月，时任世界保卫和平大会中国代表团团长的郭沫若写了一封信给李四光，请他早日归国，并为他留出了第一届政协委员里的自然科学工作者代表位置。然而，还没来得及打点安排，身处伦敦的作家凌淑华就告诉李四光，国民党政府外交部密令驻英大使郑天锡立即找到李四光，且要求李四光发表公开声明，拒绝新中国提供的职位，否则便将他扣留送往台湾。

李四光当即给郑天锡写了一封信，表达自己拒绝发表声明的立场，随即与夫人许淑彬商量，然后只身秘密乘火车，绕道前往法国。

李四光走后第二天，国民党驻英大使馆果然派人来找他，还带来5000美金。许淑彬代表李四光拒绝了。

10月，李四光到达瑞士边境城市巴塞尔城后，秘密通知夫人前往会合。夫妻俩在法国相见后，共同回国。

40年前的秋天，也是从英国回国，路过巴黎时，他在随身携带的一张五线谱稿纸上写了几句小提琴乐谱，共5行19小节。他将自己的英文名（J.S.Lee）写在上面，还在页眉工整地写下3个字："行路难。"

这份乐稿一直保存在好友萧友梅那里，直到李四光去世20年后，上海音乐学院中国近现代音乐史学科的陈聆群在萧友梅的遗物中找到它。后人大多没想到，大名鼎鼎的乐曲《行路难》，竟出自地质学家李四光之手。袁隆平先生也曾深情演奏它："欲渡黄河冰塞川，将登太行雪满山。"这几句词恰与李四光本人在革命动荡时期远渡重洋求学的境遇相吻合。

第二次回国后的李四光见到的新中国，至少有两处"新"：欣欣向荣与百废待兴。

"二战"后，世界政治格局发生颠覆性变化，许多殖民地国家纷纷独立，原本主导全球石油产出的中东地区逐步对外国石油公司采取行动。

苏伊士运河的运输要道被沉船切断了，国际石油贸易局势更加紧张。

抗日战争爆发不到一年，我国境内沿海各港口就相继被日军占领。石油进口通道几近断绝，抗战大后方一度发生严重的油荒。没有石油，军事机器就很难运转。

国际国内的现实与教训，都时刻提醒着新中国领导人石油的重要性。

实际上，我国是世界上认识石油最早的国家。早在3000年前，《易经》中就记载了"泽中有火"。宋代的沈括在《梦溪笔谈》中正式提出"石油"一词，"生于地中无穷"，且预言"此物后必大行于世"。

虽然很早就了解了石油的属性，但受制于社会文化观念与技术水平，直到近代，对石油的开发利用基本仍无从谈起，以致外国地质学家一致认为，中国是一个"贫油国"。

根据长期以来占据石油界的主流理论"海相生油"论，西方相关领域专家坚定地认为：中国土地大都属于陆相地层，不可能有良好的石油资源。

这时，李四光则从自己多年来的实地调查中做出一个大胆推测：东北松辽平原和华北平原的地质结构跟亚细亚平原的相似，都是沉降带地质结构。亚细亚平原蕴藏着大量的石油，松辽平原和华北平原也应该蕴藏着大量的石油。

要自强，先破茧

1955年1月，寒冬中的东北松辽平原，一支考察队正在进行地质勘探。他们穿越沼泽纵横的黑土，白天测量数据，晚上核对地图与资料，像在荒野中疾走的猎人。

这支队伍的带领者，就是已66岁的李四光。那时，我国已经开始实施第一个"五年规划",但"工业血液"——石油依然十分短缺。一年前,李四光在《从大地构造看我国石油勘探远景》报告里指出,柴达木盆地、四川盆地、华北平原、东北平原等地是最有可能含油的地区。

可惜,东北地广人稀,自然条件复杂,3年过去,漫长的勘探还是没有取得实质性进展。

通宵达旦的研究与不舍昼夜的勘察,让李四光患上了肾病,中央决定暂时让他到杭州疗养。

就在李四光动身的前一晚,中央忽然接到石油勘探前线报告。一些勘探队的同志准备把普查队伍拉到外省,与此同时,另一些队员依然坚信李四光的推断,坚守东北平原。

李四光当即推掉了去杭州的计划,回到他的勘探队。这支队伍的长期驻扎,带动了越来越多地方干部、青年的加入,广阔的东北大地上形成了我国第一支石油探测尖兵。终于,1959年国庆前夕,石油部和地质部偶然在一口名叫"松基三井"的井口发现了棕褐色油龙,第一股"工业血液"直冲蓝天,挺起了共和国的油脉脊梁。

在那段被石油点燃的激情岁月里,李四光接连收到松辽平原勘察队传来的捷报……

李四光从理论上彻底击碎了"中国贫油论",并且运用自己的理论预测,精准判断了中国的石油分布,这是一次历史性的预见和突破。

1971年4月29日,李四光与世长辞,人们在他床头发现了一张纸条:"在我们这样一个伟大的社会主义国家里,我们中国人民有志气、有力量克服一切科学技术上的困难,去打开这个无比庞大的热库,让它为人民所利用。"

从科学救国到科学兴国,这条路是走不完的。直到后来新中国发现第一块铀矿石、开采铀矿，再到第一颗原子弹爆炸成功，中国的能源自信从无到有，5年时间，颠覆了过去5000年的贫瘠与匮乏。

数年后，当中东地区战火频繁的时候，当能源危机的言论屡屡被提起的时候，李四光那句慨叹仍然声声在耳："作了茧的蚕，是不会看到茧壳以外的世界的。"

（摘自《读者》2021年第17期）

驾机穿越蘑菇云的英雄

关 切

1964年10月16日,在中国西部戈壁大漠的上空升起了壮丽的蘑菇云,我国第一颗原子弹爆炸成功。在这举世瞩目的时刻,几位空军飞行员勇敢地驾驶飞机穿越蘑菇云,执行了取样任务。半个多世纪过去了,让我们拨开历史的尘封,看一看在当时那个惊心动魄的时刻发生了什么。

严格保密的任务

1964年7月,上级决定在空军飞行航空兵某师挑选一架飞机和6名机组人员,执行一项重要任务。经过层层选拔和考核,辽宁海城籍的郭洪礼被选为机长,他是某团二大队二中队的中队长。飞机是从另一个团选出的。"执行什么任务谁也不知道,我和另外5名战友被光荣选上。"

郭老回忆说。

机组人员组成后，飞机也飞到了北京。郭洪礼还记得，空军作战部的首长告诉机组人员："我们国家要进行原子弹爆炸试验，周总理对这次任务十分重视。"听闻任务和这次试验有关，几个人非常兴奋，郭洪礼代表机组人员表示坚决完成任务。

英雄飞行员郭洪礼

飞机在北京被简单改装，于一周后飞往西北某空军基地，前线总指挥张爱萍、空军副司令员程钧和专家们给机组人员下达任务：穿越蘑菇云取样。原子弹爆炸后，地面有几十种手段收集样品，但只有派飞机直接进入蘑菇云取样，才能获得评价和分析爆炸效果的第一手重要科学资料。取样工作在原子弹爆炸30分钟后，在蘑菇云形成的7000米高空进行。因为原子弹爆炸30分钟后正是蘑菇云形成的最佳时机。太早，蘑菇云没有完全形成，气浪、涡流和强大的冲击力将损坏飞机；太晚，蘑菇云开始扩散，即使飞进去，也取不到所需的剂量，取样工作会前功尽弃。7000米的高度和预定穿云的方位都是经过周密计算的。

1964年10月15日，离原子弹试爆还有一天的时间，机组人员全天进行飞行准备。誓师大会上，郭洪礼代表机组人员宣誓："下定决心，不怕牺牲，排除万难，只要飞机螺旋桨在转，就要坚决完成任务。"

当天，张爱萍为机组人员送来一包板栗，表示对机组人员的鼓励。郭洪礼说："当时大家十分激动，机组人员与兰州空军组共同分享了这包板栗。"

两次冲入蘑菇云

10月16日，大西北核试验场上，笼罩着紧张又神秘的气氛。

机组人员提前吃完午饭，在离飞机10多米的地方挖了一个大坑，用以隐蔽，以免受到原子弹爆炸时产生的光辐射的影响。这里距原子弹爆炸点40千米，但由于地势平坦，视线极好。根据要求，在原子弹爆炸的瞬间，他们必须趴在坑里并且闭上眼睛。

下午2时59分40秒，历史性的时刻到了，主控制站的技术人员按下电钮，10秒钟后，控制系统进入自动控制状态。机组人员听到女播音员清晰而又略显机械的读秒声。霎时间，强光闪耀，天地轰鸣，一股庞大的蘑菇状烟云，旋转升腾，直上蓝天。

根据所学知识，郭洪礼知道当声音传来时，原子弹爆炸的辐射已过去，他大喊一声："上！"机组成员立刻冲上飞机。这时，距机场40千米的爆炸烟云清晰地呈现在他们面前，巨大的烟柱拔地而起，直插云霄，上部膨胀变大。郭洪礼驾驶着飞机，当速度达到每小时240千米时，他轻轻拉起操纵杆，飞机离开地面迅速向空中飞去。

40千米的距离对飞机来说，只要几分钟就可以飞到，然而仅仅飞到还不行，必须要有一定的高度，太高或太低都不行。郭洪礼和领航员季献康密切配合，用20分钟爬到了规定的7000米高空，由于时间充裕，他和领航员简单商量了一下，改变航向，保持着平飞的状态向目标飞去。

当接近蘑菇云时，飞机忽上忽下，忽左忽右，驾驶非常吃力，郭洪礼和副驾驶员李传森极力保持着飞机的平稳，领航员季献康抓紧时间计算飞机进入的角度。很快，他们选中了紧靠蘑菇云中心的棕褐色部位，由西至东向那里飞去。在进入蘑菇云时，郭洪礼不由自主地咬紧牙关："冲进去！"

飞机的左机翼几乎压着蘑菇云的中心，机身进入云中，周围的一切都模糊了。郭洪礼和战友们眼中看到的是黑中泛红的浓烟，身上感受到的是巨浪般的撞击。郭洪礼和机械师耿君不停地观察着飞机上的各种仪表，努力保持着飞机的航向。由于蘑菇云中气浪翻滚，机身颠簸幅度大，他手脚并用，极力稳住野马似的飞机。飞机穿越蘑菇云的时间只有5秒钟，当郭洪礼准备向指挥部报告穿云情况时，在机舱监测的防化兵小高赶过来大声报告："仪器上的红灯未亮，收集剂量不够。"郭洪礼一听急了，收集的剂量不够，说明没有完成任务，这怎么行？于是，他大声对同伴说："再来一次！"机组人员将飞机压了坡度后左转，迅速做好第二次冲锋的准备。

"当时想的是没完成任务哪行，真的把自己的生死置之度外了。"飞机刚刚飞进蘑菇云，监测仪上的红灯就亮了。"仪器亮起红灯时，我们长出了一口气，这表明，我们胜利完成任务了。"

埋藏35年的秘密

那次任务完成后，郭洪礼在部队里一直奋战到1983年，然后转业到位于湖北省宜昌市的葛洲坝工程企业总公司。由于原子弹爆炸任务的特殊性，他始终没有让家里人知道。郭老说这个秘密在他心中一直埋藏了35年，直到1999年中华人民共和国成立50周年，中央电视台的记者辗转找到他进行采访时，家人和同事才知道，原来身边的人竟然是一位国家英雄。

（摘自《读者》2021年第13期）

院士的爱情

酷玩实验室编辑部

1

其实，刚开始，很多人都不同意这门亲事。因为，杨芙清实在太优秀了。

杨芙清从小就极其聪明，在数学上尤其有天赋。1953 年，王阳元刚刚进入北京大学，杨芙清已经是学校里知名的"数学女神"。她还酷爱武侠小说，梦想成为一名除暴安良的侠客。

除了进校比王阳元早，知名度比王阳元高，杨芙清的家境也比王阳元的好。用王阳元的话说就是，"当时我穿鞋都露脚趾呢"，杨芙清却可以将父母给的生活费省下来资助王阳元的弟弟妹妹。

杨芙清认准了王阳元，这在亲朋好友之间，引起一场不小的风波。"才貌双全的杨芙清，选定了一个穷大学生？"

这个男人的魅力，别人不懂不要紧，重要的是杨芙清懂。这个看起来一无所有的男人，敢向当时全球最霸道的美国叫板，像极了武侠小说里的侠客。

故事起源于1947年，美国贝尔实验室率先发明出晶体管。20世纪50年代后期，美国出现了一种新型半导体集成电路。学物理出身的王阳元，当时敏锐地觉察到，未来将会是集成电路的时代。从此，王阳元将集成电路的研究，作为自己的事业。

而作为集成电路的发明者，美国掌握着从设计到制造的所有核心技术，出于军事目的大力发展集成电路产业、资助该领域的研发人员，并严格控制该技术的对外传播。当时正值中美两国交恶，美国将中国视为"敌对国家"，对中国不仅进行经济上的制裁，还进行了全方位的技术封锁。中美之间的对立，一直持续到20世纪70年代。

也就是说，王阳元要做的事，是明知不可为而偏要为之。因为，这件事，中国必须有人来做。接下来的大半个世纪，王阳元开启了他"破壁大师"的人生。

当时国内集成电路事业刚刚起步，处于三无状态：没有专用设备、没有厂房、没有技术。为了尽快掌握集成电路技术，王阳元带领数百名专家日夜攻关。

1975年，在缺少设备和技术资源的情况下，王阳元团队一举打破了当时只有美国、日本才能制造1024位MOS动态随机存储器的纪录。

要制作集成电路，就需要发展材料科学。随后，王阳元开展了多晶硅薄膜物理和MOS绝缘层物理研究工作，并主持建设了我国第一个国家级微米/纳米加工技术重点实验室。

光有硬件是不够的，这就好比有了汽车但是没有驾驶员。20世纪90年代初，王阳元主持研发"熊猫系统"，打破了美国在超大规模集成电路计算机辅助设计系统上的技术封锁。2000年，王阳元和同事们创立了中芯国际，成为大陆第一家实现14纳米晶圆代工企业，代表中国大陆自主研发集成电路制造技术的最先进水平。麒麟710芯片，就是由中芯国际代工的。

此举也被世界知名学术杂志《半导体国际》评价为"把中国与全球权威者的差距，由原来的4至5代缩小到仅剩1至2代"。如今，80多岁高龄的王阳元依旧精神矍铄，奋斗在中国芯片研究的第一线，仍然斗志昂扬，"不攻克这个难关死不瞑目"。

杨芙清看中的不是一个穷小子，而是一个无所畏惧、永远年轻的侠客！

但是王阳元说，杨芙清是他的老板——在学校是工作上的老板，在家里是家庭关系的老板。

2

杨芙清不用任何人衬托，在她的名字前面，不需要冠以"某某人的妻子"。她是波澜壮阔时代中的另一位侠客。

1956年，周恩来总理主持制定了"十二年科学发展规划"，首次把发展电子计算机作为国家重大任务，并决定派出代表团赴苏联学习计算机技术。杨芙清，作为第一批被选定的留学生，成为中国计算机发展的希望。

中国当时没有专门的计算机操作系统教材，她根据作业系统研制实践经验而编著的《管理程序》，成为中国计算机系统研究者的第一代启蒙教材。

历史的重担，就这样落在她的肩膀上。她创办了中国第一个软件工程学科，开创了软件技术的基础研究领域。

在20世纪90年代，杨芙清带着22所高校和科研单位的330多名科技人员开发的青鸟系统，被评价为"在系统规模及技术水平上达到国际先进水平"。她也是一个拉着国内高新科技与世界同行赛跑的人。

王阳元搞硬件突围，杨芙清开始搞软件突围。

1949年以前，全世界都认为中国是一个"贫油国"。但是1949年以后，我国陆续发现了克拉玛依、大庆、胜利等油田，不仅逐渐实现了"石油自由"，还成了石油出口五大国之一。

石油勘探的几大步骤中都有野外数据采集、资料处理、资料解释等流程，需要对海量数据进行计算，没有高性能计算机，就只能靠最原始的手段大海捞针、碰运气。

1969年12月，国务院正式向北京大学下达了一项任务——研制每秒运算100万次的大型计算机（150机）。面对美国和苏联的封锁，作为中国第一批计算机专家，杨芙清扛起了中国自主研发高性能大型计算机的重担。她带领着研发团队，在技术资料极度匮乏的条件下，日夜奋战，终于在1973年成功研制出我国第一个支持多道程序运行，规模大、功能强的计算机操作系统（150机操作系统）。

两年后，王阳元团队制造的1024位MOS动态随机存储器问世。

硬件与软件互相依存。计算机硬件与软件的产生与发展本身就是相辅相成、互相促进的，二者密不可分。硬件与软件，缺少哪一部分，计算机都是无法使用的。这像极了王阳元和杨芙清之间的关系，这是科学家之间特有的浪漫。

3

要说两个人之间最浪漫的事情，就不得不提王阳元在1956年年底入党那天。

当时王阳元按捺不住内心的激动，第一时间就想到把这个好消息告诉自己爱恋的女同学杨芙清。已经入党的杨芙清听到了，很高兴，也更加明白了这个男生的心思。然后，杨芙清说了6个字："我们是同志了。"王阳元听了，也异常激动。

没有经历过那段岁月的人，根本体会不到这简简单单、平淡如水的6个字背后，蕴含了多么深厚的感情和多么深刻的含义。

年轻人的爱情虽然甜蜜，但生活很苦。

王阳元和杨芙清结婚的时候，仪式简单得不像样！两张单人床并在一起，就当婚床了；书箱子摞起来盖上一块红布，上面再放点小玩意儿，就当布置洞房了；他们甚至只花了几元钱买喜糖招待亲友。

王阳元和杨芙清曾清贫到要翻箱倒柜变卖东西换钱买米。不过，即使生活困难，杨芙清宁愿喝不见油花的清汤，啃硬邦邦的窝窝头，也要省下钱购置科技书籍。

61年间，王阳元先后培养了26名硕士生、59名博士生和18名博士后，这些学生现在都已经是国家级重点实验室的骨干。

杨芙清共培养了150余名硕士、博士和博士后，其中不少人已成为学术界的知名学者、学科带头人，或产业界的领军人物。在她的支持下，政府投入经费最多、持续时间最长、规模最大、涉及人员和单位最广的国家级软件技术研究项目"青鸟工程"启动，并一直运转至今。

两个人在一起，最关键的是什么？是互相支持，互相成就。王阳元和杨芙清，给我们塑造了一个非常好的爱情榜样，那就是：存有一点理想主义，保持一点情怀。

（摘自《读者》2021年第18期）

高墙深院里的科学大腕

萨 苏

小熊是我的同学,他在学生中威望很高。他之所以能当"老大",是因为他总能从家里拿出些好玩的东西来,引逗得一帮"狐朋狗友"跟着他转。比如,在 1980 年的时候,他就有了一套鹞式战斗机星球大战的电子游戏。

然而,也有不和谐音,那就是小熊的妈妈陈阿姨。她对小熊往家领同学没有意见,但看到这帮孩子在一起毫无"同学"的意思,整天跟"宇宙空间的神秘来客"较劲,脸就挂不住了。

每当出现被陈阿姨训的情况,小熊就会把熊老太太请出来。熊老太太扶着孙子,也不管周围有多少小孩子看着,举起拐杖对着陈阿姨就是一通数落,声音又急又脆。

每当这时候,陈阿姨就叹口气,什么也不说了。

那天，几个"狐朋狗友"照例又催促小熊组织聚会，小熊说没戏，老太太出门了。

新鲜，熊老太太那么老了，还出门？

"她是去参加一个我爷爷的纪念活动，严济慈来接她，她就去了。"

我那时候喜欢听新闻，对于科学界的几位泰斗，比如高士其、童第周之类的名字还算熟悉，虽然不知道严济慈是何方神圣，这名字可是听过好多次了。他亲自来请熊老夫人，那熊老夫人又是何许人也？

下一次去了，我就向熊老夫人打听："严济慈先生来请您开会啊？"

老太太挺平静，说："不是开会，是纪念小熊的爷爷，严济慈是老熊先生的学生。"

大概很少有人主动找老太太说话，老人家絮絮叨叨地说了良久。小熊却不再有耐心做翻译，老太太无可奈何地在小熊屁股上一拍，由他了。

老熊先生又是何许人也？没敢问。玩儿了半天，我才悄悄问小熊。小熊带我到老太太房间，只见那里挂了一张相片，相片中的老先生慈祥而又威严，一头整齐而花白的头发，下面的名字是：熊庆来。

熊庆来是谁？我觉得耳生得很。回家吃饭的时候，我随口问了一句："熊庆来是谁啊？"

"嗯？你问熊老干什么？"我爹本来正琢磨什么事出着神，听到这个问题一下子就被拉回现实世界了。

"我们有一个同学是熊……熊老的孙子，就我这些天老上他们家……学习的那个。"此时，我已经意识到熊老肯定不简单。要知道，在科学院混上"老"字可不容易，那是只有华罗庚之类的人才能享用的。

"哦，是吗？"我爹脸上一亮，如释重负的样子，说，"哎呀，熊老的孙子啊，没想到。"说完就介绍起来。我爹的毛病就是说话不看对象，讲了半天，我也就听明白了熊老是著名数学家，至于他研究的是什么，什么无穷极，就是杀了我，我也弄不明白。

我冒昧地问了一句："他和华老谁更厉害？"

数学家里我就知道华罗庚厉害，所以这样问。

"熊老是华老的老师啊。"

"哦？"这次轮到我吃惊了。

慢慢地，我才知道熊老的学生远远不止华罗庚一个。

熊庆来，中国科学院数学所研究员，1893年生于云南弥勒，1969年去世。曾留学比利时、法国，1933年获得法国国家理学博士学位。他在数学方面极有建树，同时专注于人才教育，主张"科学救国"，主持创办东南大学数学系和清华大学数学系。

熊老在中国数学界的威望之高，可用泰山北斗来形容，这不仅因为他自己的研究深度，更因为他的门下人才辈出。熊庆来以"伯乐"著称，其提携、培养的弟子，多成为中国数学界的一代脊梁。

熊老的弟子，除前面提到的严济慈、华罗庚以外，还有钱三强、钱伟长、赵九章、陈省身、彭桓武、赵忠尧、杨乐、张广厚等。

值得一提的是，虽然熊庆来的弟子众多，但这些弟子和他都不是简单的师生关系，在学习之外，都得到过他极大的帮助。比如华罗庚本是店员出身，没有熊老的支持，他根本不可能到大学读书；是熊老送严济慈去法国留学，并负担他的学费的。

熊老并不是富有的人，他资助严济慈纯粹是因为爱才。有一次，熊老实在没有钱了，便脱下身上的皮袍子送去典当，将得款汇给严济慈。工资到手后，熊老才又将皮袍子赎了回来。

严济慈果然不负众望，在法国以优异的成绩证明了自己的能力，成为中国现代物理研究奠基者之一。法国承认中国的大学文凭，就是从严济慈开始的。

我当时听得似懂非懂，但对熊老，从此在心里存了份敬意。

第二天再见小熊，忽然觉得这小子高大了许多，竟有些打闹不起来。后来忽然想到一个话题，就向小熊细问那天老夫人究竟说了些什么。

小熊想了想，说他奶奶讲了两件事情，都是和严济慈先生有关的。随口复述出来，竟然十分生动。

第一件事是严济慈每年都给熊家送来一袋小苹果，据说是1960年那次送苹果受到师母表扬以后养成的习惯。然而师母表扬是在三年困难时期的大背景下，并非师母嗜好小苹果。一番心意熊老夫人不好拒绝，而这样的苹果又实在不好吃，于是就把它们晒干。她喜欢做干花，将晒干的苹果和干花放在一起，用来做装饰，倒显得别有情调。

第二件事是熊老夫人提到，以前自己最担心熊老的脾气会影响到他和学生的关系。按说熊老对学生可谓"解衣衣之，推食食之"，对于这样的好老师，学生怎能不感恩图报呢？但是老夫人深知熊先生和学生们的关系还有另一面，那就是熊老对学生十分严厉，不留情面，即便严先生成名后依然一如往昔，往往让已经成名的弟子在熊家的客厅里惴惴不安。要说被揭了面子心生恼怒的时候也不是没有。时间久了，夫人不免在背后想，严先生他们对熊老是敬多一点，还是畏多一点呢？问熊老，熊老却微笑不语。1969年熊老去世，严济慈先生立即赶到中关村，在熊老灵前痛哭哀悼，老夫人才理解熊老对自己的学生，有着怎样的信任和了解。

熊老于1957年归国，当时已经半身不遂七年，因为身体原因不再担任领导职务，只专心做研究员。令人不可思议的是，他在这种身体条件下居然还自学了俄语，并达到能阅读原文文献的水平。

1982年，我和小熊一起考中学，小熊考了数学一百、语文九十一的成绩，当时重点中学分数线为一百九十二分。好在小熊多才多艺，凭特长可以加分，不过，手续自然是繁杂的，陈阿姨跑得几乎断气。等消息的时候，又见到熊老夫人，老夫人皱着眉头说了一番话。

小熊"翻译"过来，大概的意思是，已经考了一百分还不够好，不知道这学校要招多少分的学生。

在熊老夫人的眼里，只有数学是需要考试的，其他的，也许根本算不上是学问。

熊老夫人真名姜菊缘，与熊老同年同月生，但大熊老三天，在科学院诸夫人中很有名气，是贤妻的典范。1980年我见到她时她已经八十七岁高龄。熊老夫人和熊老三岁订婚，十六岁结婚。我爹的一位好友曾经写文纪念熊老，文中也提到过熊老夫人，内容如下："在共同生活的六十年中，夫人对他的工作十分理解，并大力协助。熊庆来三次赴法国，前后共十七年，家中全赖夫人独立支撑。"

这可谓十分中肯的评价了，可以用相濡以沫来形容这一对老人。熊老夫人没有受过高等教育，但是一生相夫教子，是熊先生的贤内助。年轻时候的熊老夫人，居然是一个薛宝钗式的人物，在大家庭中游刃有余，以她的阅历和一生对家庭的贡献，开口护护小熊，陈阿姨自然不敢冒犯。

有一件趣事，按当地风俗，成婚时新郎需要从新娘头顶跨过去以示威风，熊老却不肯从妻子头上跨过，坚持互行鞠躬礼。二人从此共同生活，一过就是六十年。熊老对家庭很有责任感，无论是做大学校长，还是兼任其他官职，始终"糟糠之妻不下堂"，对熊老夫人亲敬有加。他在清华大学担任系主任的时候，不时向校工订菊花放置在居所，就是因为夫人名字中带有"菊"字。而1950年熊老半身不遂以后，夫人则尽心尽力地照顾，使熊老得以继续工作了近二十年的时间。熊老经常半夜起来工作，夫人随时起来伺候，毫无怨言。

有一次，我曾试探着和熊老夫人交流，说到熊老晚年疾病缠身，熊老夫人用清晰的普通话喃喃道："当时（1969年）他已经恢复得蛮好了。"脸上忽现痛切之色。

我始终无法把这位看上去平凡的熊老夫人，和富有传奇色彩的姜菊缘女士联系到一起。

（摘自《读者》2018年第16期）

"驯服"炸药的人

田 亮

8年前，2013年1月，郑哲敏获得国家最高科技奖时，有记者问他："下一步有什么打算？"他开玩笑说："我已经做好随时走人的打算了。"如今，他真的走了。

2021年8月25日，中国科学院院士、中国工程院院士、国家最高科学技术奖获得者、中国科学院力学研究所研究员郑哲敏与世长辞，享年97岁。

郑哲敏是我国爆炸力学的奠基人。提起爆炸，人们往往想到它的威力和破坏性，郑哲敏却用简洁优雅的数学语言概括出爆炸的规律。钱学森欣喜地将这个新学科命名为"爆炸力学"，郑哲敏则被人们称为"驯服"炸药的人。

好好念书，学点本事

郑哲敏的父亲郑章斐出生在浙江宁波的农村，家境贫寒，读过一点书。15岁时，郑章斐去了上海，在一家钟表店里当学徒，边学手艺，边学会计和英语。4年后，郑章斐已是著名钟表品牌亨得利的合伙人，还成了家。之后，他携家人到山东，在济南、青岛开办了亨得利分号。

这名成功的商人不吸烟、不喝酒、不娶小老婆，结交的朋友也多是医生和大学教授。良好的家庭环境为郑哲敏与家中兄妹的成长打下了基础。

1924年10月2日，郑哲敏出生于济南。儿时的郑哲敏很调皮。1931年"九一八事变"后，济南的大街上有很多人游行，抗议日本侵略中国。看到这一幕后，郑哲敏也带着弟弟妹妹举着旗在自家院子里游行，还恶作剧地围着父亲钟表店里的一位师傅转圈，并把一盆水倒在了那位师傅的床上。父亲得知后大怒，用绳子把郑哲敏捆了起来——父亲是在告诉他：自家店里的工人不可以随便欺负。随后，父亲与他进行了一次长谈："商人是最被人看不起的，所以你长大了不要经商，要好好念书，学点本事。"望着新盖的很气派的门店，郑哲敏暗下决心："无论将来做什么，都要像父亲一样做到最好。"

1937年，郑章斐到了成都，在春熙路开了家钟表店。第二年春节过后，叔叔带着郑维敏、郑哲敏兄弟俩来到成都。尽管是大后方，日本的飞机仍不时来轰炸。有一次，老师问郑哲敏以后想干什么，他答："一个是当飞行员打日本人，一个是当工程师工业救国。"

师从钱伟长和钱学森

1943年，郑哲敏以优异的成绩考入西南联大。之所以选择这所大学，是因为哥哥郑维敏前一年考上了这所大学。"他是我崇拜的人，他学什么我学什么。到了第二年，我哥哥说，咱们兄弟俩别学一样的。所以我就改专业了，从电机系改到了机械系。"郑哲敏说。

郑维敏后来也成为我国著名的科学家，是清华大学工业自动化专业和系统工程专业的创办者。

当年到昆明报到时，郑哲敏是坐着飞机去的，有这种经济实力的学生并不多见。可学校是另一番景象：校长梅贻琦和很多教授都穿得破破烂烂，学生们在茅草房里上课。但老师认真授课以及活跃自由的学术氛围，给郑哲敏留下了深刻印象。

抗战胜利后，1946年，组成西南联大的北京大学、清华大学、南开大学迁回原址，郑哲敏所在的工学院回到北京清华园。这一年，钱伟长从美国归来，在清华大学教近代力学，郑哲敏成了他的第一批学生。"钱先生的课很吸引我们，他是我的启蒙老师。"郑哲敏说。在钱伟长的影响下，郑哲敏将研究方向转向了力学，毕业后还给钱伟长做起了助教。

1948年，国际扶轮社向中国提供出国留学奖学金，全国只有一个名额，郑哲敏获得清华大学校长梅贻琦、教授钱伟长以及清华大学教务长、英语系主任、机械系主任等多人推荐。钱伟长在推荐信中写道："郑哲敏是几个班里我最好的学生之一。他不仅天资聪颖、思路开阔、富于创新，而且工作努力，尽职尽责。他已接受了工程科学领域的实际和理论训练。给他几年更高层次的深造，他将成为应用科学领域出色的科学工作者。"获得奖学金名额后，郑哲敏选择了美国加州理工学院，钱伟长也是从这所学校走出来的。

仅用一年时间，郑哲敏就获得了硕士学位，1952年，他又获得应用力学与数学博士学位，而导师正是长他13岁的钱学森。与他一同就读于加州理工学院的同学吴耀祖说，数学课上有比较难的题时，郑哲敏总被老师请上台讲解。吴耀祖开玩笑说："别人做不出来，郑哲敏总是能做出来，难道是因为他的名字中有'哲'有'敏'？"

在临近博士毕业时，郑哲敏第一次独立完成了一项科研。美国哥伦比亚河上有个水库，名叫罗斯福湖，湖两侧是高出水面100多米的高原。美国人想用水库的水浇灌高原上的土地，为此架起了12根直径近4米的水管，但建好后，水管震动非常强烈，根本不能运行。工程方找到加州理工学院的一位教授，听完情况介绍后，教授问身边的郑哲敏："你能不能看看这是怎么回事？"郑哲敏点头答应了。经过计算，他给出了解决办法——消除水管和水泵的共振。此后几十年，这些巨大的输水管持续正常运行。

获得博士学位后不久，郑哲敏陷入困顿。美国移民局不仅扣下他的护照，还以"非法居留"的罪名把他关起来。幸亏好友冯元桢（著名生物工程学家）花1000美元把他保释出来。

（摘自《读者》2021年第20期）

我的"外公"俞平伯

张贤亮

知道平伯公去世,是因为我在乡下看了报纸。匆匆赶回城里给大姨俞成挂长途电话,交谈中却也很平静。前一个月,即9月份,我去武汉,路经北京,还看望过他老人家。看他灵魂已经离开了尘世,对世界和亲人已完全陌生,仅剩下一副枯槁的躯壳,让人从床上抱到沙发上,再从沙发抱到床上,我不禁黯然。

一代风骚,一派红学宗师,最后竟痴呆如此。我曾默默闪过还不如让他一死的念头。希腊哲人说过,死,并不是死者的不幸,而是生者的不幸。而他的去世,我想,对他、他的家人,包括我在内,都可以说是一种解脱。91岁,毕竟享到了天年,寿终正寝,是大家意料中的事,因而也没有给我们生者造成不幸的感觉。我的"外公"平伯公可以说是一生活得和死得都很洒脱,毫无亏欠了。

我的亲外公陈公树屏我并没见过。有一期《团结报》介绍过他的一些事迹。清末,他任江夏知县、湖广总督衙门总文案。那篇文章中说他老人家还做过点好事。辛亥革命后,他在上海赋闲。有一天,他突然有兴致要去看文明戏,演的正好是武昌起义。看到起义爆发时,他怕得从衙门的狗洞往外钻,竟在戏院里当场中风,被抬回家后不久就故去了。

而平伯公就极看得开,一次,他和我聊起被下放到河南农村时,和外婆一块儿搓草绳的情景,还蛮开心的样子。其实,到一定的时候,狗洞也是可以钻的。所谓"龙门能跳,狗洞能钻"是也,我的亲外公如像平伯公这样洞明,说不定还能看见我出世呢!

我称平伯公为"外公",是因为我的母亲和大姨俞成的亲密关系,从世交的辈分论排的。我在宁夏期间,母亲从宁夏被遣送回北京,一直和大姨一起住在平伯公家里。平伯公对我的母亲视如己出,多有照拂,前后有十余年之久。

平伯公住在老君堂的时候,我也常去。那时我小,顽劣不堪,见了平伯公悚然哆嗦,不敢与语。过了20多年,我每次去北京,当然总要去看望大姨和平伯公。近十年来,一年中总要去几趟。这时,他们已经搬到南沙沟。我大了,他却老了。我每次去,都带些零食点心,他扶墙走到客厅,与我一起抽烟喝茶。

知道我居然也会舞文弄墨,他颇为欣慰。但他已耳聋,说话很吃力,只能说点短语和家常闲事。我出了第一本书,送他一本,他翻了翻,也就搁在一旁。我知道他不会看,以后也就不再送他。

他吸起烟来一根接一根,烟灰不住地落在衣襟上。我并不觉得埋汰,反而感觉那是一副不修边幅的文人风貌,那时,他已80多岁了。我问他长寿之道。他笑着说，爱怎么活便怎么活，人就长寿了。他一生从不讲究饮食，老了也吃肥肉；不运动，不练气功，起居无常。

偶然一次说到《红楼梦》，他也只是说，那不过是本小说，小说就要把它当本小说看。话语虽短，我想这才是把《红楼梦》钻透了的返本归元之谈。你要把它看成"教科书"，看作真正的历史书，也只能由你。但那必然是非文学的评论，从而会搞出许多社会学的花样来。热闹是热闹了，却与文学自身的研究无关。

因为他已老了，有道是"一老一小"，老了就和孩子一样，所以我每次去，只能带点吃食让他开心，或是租车出去找个讲究的餐厅撮上一顿。我与平伯公从没有认真谈过文学，没有讨得过如此亲近的一代文宗的教诲。现在回想起来，我也不觉得后悔，倒认为自己还是有点儿体贴老人的孝心。要让一位垂垂老者搜肠刮肚地给你谈什么创作心得，自己收获不少，老人却筋疲力尽，这是自私的表现。

一位好友笑话我，说我有一个曾富甲一方的亲祖父，还有这样一个身为文学家的"外公"，却既没有得到过一分钱的遗产，也没有得到过一句有关创作的经验，看来我真不愧是个苦命的人。如果说是命该如此，那也没有什么办法了。

外婆在1984年先平伯公而去，此后他精神更为不济。我到北京要是不住宾馆，就睡在他隔壁房里。深更半夜，总听见他大声呼唤外婆的名字，说一些我听不懂的话语，有时几近狂吼的地步。我并不感到森森然，反而体会到一位老人的眷恋之心和孤独之情。想到自己，也许将来的某一天我也会半夜和他一样狂吼起来，就不禁神伤而失眠。读平伯公过去的文章，潇洒悠远而富有朝气，后来他竟被磨损得和一个普通老头儿没有两样。

呜呼！外公，每一个人都不是那么甘心地离开世界的。能做到您这样的俯仰无愧，也足够我们后人追思和仿效的了。

（摘自《读者》2021年第13期）

让小提琴说中国话

崔 隽

79岁的俞丽拿刷屏了，这可能是她本人都没想到的。

2019年3月26日，《真爱·梁祝》在上海举办了启动仪式。这部音乐剧场作品是为纪念《梁山伯与祝英台》小提琴协奏曲诞生60周年和庆祝中华人民共和国成立70周年所作，也是俞丽拿封琴近10年后首次参与的新作。消息一出，各个媒体平台纷纷转发。

发布会上，《梁祝》的演奏者俞丽拿和作曲家陈钢、何占豪再次聚首，他们的合影勾起网友们的回忆。60年前，这群年轻人怀着真挚的初心，用一段唯美缠绵的中国爱情故事，为共和国10岁诞辰献上祝福。"《梁祝》是共和国成立以来最成功的小提琴协奏曲，在世界名曲中占有一席之地。""俞丽拿是《梁祝》最权威的演奏者，我每次听都泪水涟涟。"人们在评论区里分享着属于自己的《梁祝》回忆。

共和国的弦上蝶舞

1959年5月27日,《梁祝》作为国庆10周年的献礼曲目首演。《梁祝》全曲超过25分钟,在凄婉唯美的《化蝶》章节后,尾声的收音轻如羽毛。随着这片羽毛轻轻落下,上海兰心大戏院的观众席一片寂静。这一刻,台上19岁的俞丽拿惴惴不安。尽管此前经过了无数次排演,她仍不确定这首中西交融的小提琴协奏曲能否被观众接受并喜欢。然而几秒钟后,潮水般的掌声向她涌来。她怔忡着谢幕、下台。掌声一直没有停,她和躲在台口的陈钢、何占豪再次登台谢幕。掌声依然没有停,于是俞丽拿搭上琴弓,来了一次毫无准备的返场演出。

无论是俞丽拿、陈钢还是何占豪,几十年来,他们都在不同场合提起过这一天,提起这段与《梁祝》结缘的金色时光。在那个奋进激昂的年代,这是属于他们的青春和浪漫。

对俞丽拿来说,这段时光开启于1951年。那年秋天,上海的报纸上刊登了一则招生启事,著名音乐家贺绿汀要在上海国立音专(上海音乐学院前身)创办"少年班"。

此时的俞丽拿11岁,成长在现代音乐气氛浓厚的上海,从小学习钢琴。得到消息后,她报名参加了"少年班"考试,最终被录取。入学半年后,学校为平衡专业人数,将俞丽拿和几名同学从钢琴专业分配到小提琴专业。虽然从零开始,但俞丽拿勤奋认真。没过两年,俞丽拿已经成为班级里进步很快、技法最娴熟的学生。

1957年夏天,俞丽拿升入上海音乐学院管弦系学习。经过院长贺绿汀的争取,此时的上海音乐学院搬入市中心,学生们的演出机会多了起来,剧场、工厂、农村……都有他们活跃的身影。但俞丽拿和同学们的苦恼渐渐出现了——他们发现，无论到哪里演出，小提琴好像都不受欢迎。"声乐系的同学唱两首中国歌曲，台下一片叫好声，都是'再来一个！再来一个！'我们每次演出完，观众的表情都很麻木，掌声也是稀稀拉拉的。"拉琴的同学不甘心，就去问农村老妈妈："阿姨，好听伐？""好听呀！""听得懂伐？"老妈妈笑着摆手说："听不懂呀！"

在这种焦虑下，"小提琴民族学派实验小组"应运而生。20世纪50年代，中国在文艺领域多受苏联影响，学生们都知道苏联历史上有一个强调音乐创作民族性的"强力集团"。为了让"小提琴说中国话"，学院决定借鉴"强力集团"的经验，成立"小提琴民族学派实验小组"。

在那个热火朝天的年代，年轻人总想着为国家做些什么。俞丽拿毛遂自荐，申请加入实验小组。"那会儿就是一门心思地想让老百姓喜欢上小提琴。我加入小组是做了自我牺牲的准备的，不管实验成不成功，哪怕耽误了专业学习，都在所不惜！"

实验小组的探索从改编民歌民曲开始。他们首次将阿炳的《二泉映月》改编成小提琴独奏曲，又改编了民间曲调《步步高》《花儿与少年》。带着这些作品，年轻的学生走到外滩，开始了一场即便现在看来也十分新潮的街头演出。

俞丽拿带着谱架，还有晾衣夹子——因为怕风把乐谱吹走。十几个学生一顿张罗，吸引了一圈过路的人。

过了一会儿，学生们纷纷拿起乐器，人群安静下来。当一首首耳熟能详的民歌旋律响起的时候，俞丽拿惊喜地发现，"人们的表情不一样了，你用小提琴讲话，他们听懂了"。这次演出让小组成员们坚信，他们走的路是正确的。

1958年，上海音乐学院的师生在全国各省深入生活，实验小组来到浙江。在从温州到宁波的船上，大家顶着冷风在甲板上讨论国庆10周年的献礼曲目。当时中国缺少宏大的协奏曲和交响乐来表现民族的伟大。因此，在这个节点上，创作一部小提琴协奏曲的想法被小组成员一致通过。

那么，演奏什么曲子呢？当时正值"大跃进"，全国都在喊"大炼钢铁、全民皆兵"的口号。实验小组顺应时代潮流，报了《大炼钢铁》《女民兵》两个选题。小组成员何占豪对越剧很熟悉，越剧《梁祝》在全国早有一定的知名度，他们又在给领导的报告上加了一个《梁祝》。

此后，实验小组正式着手改编创作《梁祝》，由何占豪、陈钢作曲，每创作一段旋律，俞丽拿就在一旁试奏一段。"这段如泣如诉的爱情故事，最难品的是味道。它来自越剧，你不熟悉中国戏曲，就不可能拉出那个味道来。我虽然是浙江人，但没用，因为我学的是西洋那一套。所以我们研究中国戏曲，学越剧唱腔，还学二胡的拉法。这是一个全新的学习过程。"

关于《梁祝》首演谢幕的情形，俞丽拿现在能想起的画面已经有些模糊了。"返场时，有人说我们演奏了全曲，陈钢说其实只演了一个段落。琴是我拉的，可我什么都不记得了，大概因为太高兴了吧。"这么多年来，每当回忆起那场演出，俞丽拿总会为那一天标注一个定义："对我们来说，5月27日这天很特殊，它意味着小提琴终于被中国观众接受了。"

尊重艺术家的意见

1960年，俞丽拿在上海女子弦乐四重奏中担任第一小提琴手，并参加了在柏林举行的第二届舒曼国际弦乐四重奏比赛，最终取得第4名的好成绩。这是中国首次在国际弦乐大赛中获得名次。就在上台比赛前，4

位中国姑娘把手叠在一起，大声喊了一句："为国争光！"

20世纪60年代，周总理经常陪同到访中国的外国贵宾来上海。随着首演的成功，《梁祝》优美的旋律很快通过广播传遍大江南北。在接待外宾、安排文艺演出时，周总理也常常点名要听《梁祝》。当时还是大学生的俞丽拿，因此与周总理有了见面交流的机会。

一次演出后，周总理很有兴趣地向俞丽拿询问有关《梁祝》的创作情况。俞丽拿惊喜地发现，周总理对她的情况很熟悉，知道她们的四重奏在柏林获了奖。周总理说："你们的四重奏能在这么大的压力下获奖，很不容易。你们辛苦了！"听到周总理的称赞，俞丽拿心里一热。

在和周总理为数不多的交集里，有一件事让俞丽拿印象最为深刻。有一次，周总理陪外国贵宾来上海，在欢迎宴会上，俞丽拿照例演奏了《梁祝》。演出结束后，周总理走到台口，对俞丽拿说："俞丽拿，和你商量个事。"俞丽拿记得，总理的语气很温和，但态度很认真，"我觉得《梁祝》太长了一点，你和两位作曲家说一下，看能不能改短一些，这样演奏效果可能会更好。"

听完总理的建议，俞丽拿心里"咯噔"一下。"现在回想起来，那会儿真是年轻冒傻气，什么叫组织纪律，什么叫政治观念，我根本不懂。"俞丽拿的心里充满了担心，害怕删减会给《梁祝》的艺术性带来致命打击。犹豫再三，她没有将总理的话转达给陈钢和何占豪。

几个月后，周总理又一次陪外宾来上海，在文艺演出时，他仍然点名要听《梁祝》。还是那个宴会厅，还是俞丽拿，还是未经改动的《梁祝》。演出结束后，周总理见到俞丽拿，直截了当地问："俞丽拿，你们没改吗？"

"听完这句话，我很紧张，不知道说什么好，只能对着总理尴尬地笑。

谁知道总理接下来的话，让我记了一辈子，又敬佩又感动。他只说了一句——'那就尊重艺术家的意见吧！'你看，这就是周总理。"俞丽拿说。但这件事过后，她又认真琢磨了周总理的建议。在不同的场合，她会根据具体情况选择《梁祝》的部分乐章来演奏，比演奏整部作品所用的时间短了很多，演出效果也很好。

几十年来，《梁祝》的旋律在全世界响起。除了俞丽拿，吕思清、盛中国等音乐家也奉献了《梁祝》不同版本的演绎。2016年，根据一项国际小提琴赛事的调查，《梁祝》成为在国外演奏次数最多的中国作品。

杏坛春雨润无声

从1962年俞丽拿留校任教，至今已经57年。俞丽拿每天6点钟到学校，晚上10点钟才离开。如果说年轻时俞丽拿的理想是让中国人喜欢上小提琴，那么在当老师的几十年岁月里，她的目标是要让更多的学生站在世界舞台上。"中国学生是有竞争力的，不是来'打酱油的'。"俞丽拿说。

改革开放后，俞丽拿有了更多出国演出、访学、担任比赛评委的机会。"那会儿，上海和国外生活水平的差距还是蛮大的，可是到了国外，我对那些都不感兴趣，我只关心世界各学派最前沿的理论和技术，我要把这些都'偷'回来教给学生。"经过十几年的努力和付出，从20世纪90年代开始，俞丽拿的学生在国际比赛中崭露头角，以黄蒙拉、王之炅为代表的优秀青年演奏家逐渐涌现出来。

如今，比起刚当教师时的手忙脚乱，俞丽拿已经相当从容。从容却不放松，上课永远排在第一位，这是俞丽拿几十年的准则。她每天在教室授课长达10多个小时，唯一的休息就是中午拿出饭盒放到微波炉里热一热，有时她吃饭的同时也会上课。即使在声带手术后讲不出话的时期，俞丽拿也不停课。她做了一些卡片，在学生演奏时用举卡片的方式提醒——"弓速""分段""调性""音准"……甚至还有一张写着"帅"字。

70岁时，俞丽拿做了告别舞台的决定。"其实那正是我演奏状态非常好的时候，但是，一切都得为专心教学让步。"音乐学院的教学跟普通学校不同，是一对一上课，从附小到大学毕业，一个学生的培养就得花16年。在这16年里，俞丽拿觉得自己就像他们的第二父母。每个学生她都会准备一个笔记本专门记录，如今这样的笔记本已塞满整整一个文件柜了。

（摘自《读者》2019年第13期）

寻找"国漫之父"

张星云

上海美影厂的"外来和尚"

1956年,张光宇搬进王世襄在北京朝阳门内芳嘉园的家里。那时的张光宇已经步入其50年漫长艺术生涯的晚期。他民国时期画过漫画,做过装饰艺术,办过出版社和印刷厂,写了中国第一本现代设计著作。1949年后,他从香港来到北京,任中央美术学院图案装饰美术系主任。

1959年,一封来信改变了张光宇在芳嘉园的生活。信中,上海美术电影制片厂(下文简称"上海美影厂")厂长特伟邀请张光宇南下上海,担任中国第一部彩色动画长片《大闹天宫》的美术设计。

特伟与张光宇是相识几十年的老朋友,上海美影厂正是在他的带领下成立的。

其实早在1955年，上海美影厂就拍摄了一部长约10分钟的动画片《乌鸦为什么是黑的》，这是中国第一部彩色动画片。第二年，该片在第八届威尼斯国际儿童电影节上获得动画片银质奖。然而上海美影厂的编导们却高兴不起来，因为出现了一个令人尴尬的误会，获奖影片被许多人误认为是东欧国家制作的。

特伟感到被当头棒喝，他意识到，上海美影厂未来的创作不能一味向苏联和美国看齐，中国动画需要有自己的特点，于是提出，"中国美术片要走民族风格之路"。他也因此想到了张光宇。

《大闹天宫》建组

《大闹天宫》团队里，比美术设计张光宇更早确定下来的，是60岁的导演万籁鸣。

万籁鸣与张光宇同样是旧相识。1920年，当时在上海商务印书馆从事美术工作的万籁鸣刚刚开始画漫画，向《世界画报》投稿。张光宇是《世界画报》的编辑，两个人由此成了朋友。

张光宇出生在无锡一个中医家庭，因为不想从医，他向父亲提出去上海念小学。在上海，他住在亲戚家，附近有一个演京剧的戏院，他常去后台串门，又在前台空座看白戏，因此受到京剧艺术的熏陶。小学毕业后，本想去投考美术学校，碰巧认识了画家张幸光——上海美专的校长兼上海新舞台戏院的置景主任，张光宇便拜张幸光为师。老师留张光宇在身边，为舞台画布景，后来又介绍他去《世界画报》任编辑。

谁都没想到，没过多久，张光宇便成为上海漫画界的风云人物。

这一时期，万籁鸣和他的兄弟万古蟾、万超尘、万涤寰一起，在上海一间面积不足8平方米的亭子间里制作了中国第一部动画片《大闹画室》。1935年，他们又制成中国第一部有声动画片《骆驼献舞》。"万氏兄弟"在电影界有了名气。

1941年，万氏兄弟的黑白动画默片《铁扇公主》制作完成。影片根据《西游记》中"孙悟空三借芭蕉扇"的故事改编，整个制作过程花了一年半时间。为了这部影片，他们先后组织了100多人参加原画创作。《铁扇公主》是当时亚洲第一部动画长片。正是在这部动画片里，万籁鸣第一次创造了孙悟空的动画形象。

《铁扇公主》在上海的3家电影院同时放映了一个半月，票房收入甚至超过当时所有故事片收入的总和。日军进占上海租界后，《铁扇公主》被日军当作"战利品"收缴，在录制日语版拷贝后于日本影院放映。时年14岁的手冢治虫正是因为看了《铁扇公主》，才下定决心做动画片，日后成为日本漫画大师，创作出《铁臂阿童木》。

有了《铁扇公主》的成功，万籁鸣更想把《西游记》最精彩的段落"大闹天宫"搬上银幕。可是迫于时局、境遇，久久未能实现。

1954年，万籁鸣进入上海美影厂。1956年，特伟亲自导演的动画片《骄傲的将军》首次采用了京剧脸谱和配乐。1958年，万古蟾将传统皮影和剪纸结合，制作出中国独有的美术剪纸片《猪八戒吃西瓜》，大获成功。万古蟾随后又拍摄了《渔童》《济公斗蟋蟀》。1959年，另一个中国独有的美术片种——水墨动画试验成功，第二年《小蝌蚪找妈妈》横空出世，震惊世界。

这些尝试都是动画短片，而这一切铺垫，使特伟和万籁鸣更加坚定了把"大闹天宫"搬上银幕的决心。中国第一部彩色动画长片《大闹天宫》

摄制组于 1959 年在上海美影厂成立，万籁鸣任导演，副导演是《小蝌蚪找妈妈》的导演唐澄，而张光宇则成为美术设计。

创造孙悟空

动画片中的美术设计，是根据剧本和导演思路设计出符合要求的美术风格。与张光宇同时被请来参与《大闹天宫》创作的还有他的画家弟弟张正宇，张光宇负责《大闹天宫》的人物造型设计，而张正宇负责整部影片的布景设计。

对张光宇来说，就像画京剧脸谱一样，动画形象设计首先是开脸，眼神及眉宇间的善恶，鼻形与口形的美与丑的勾法，都能左右人物性格；其次是塑造全身的形状，除了肥瘦高矮，从线条变化中，也可以表现出正直或狡猾的性格。

张光宇为孙悟空设计了 3 个造型，万籁鸣对这 3 个造型都不太满意，决定让首席原画严定宪在张光宇原稿的基础上进行修改。

严定宪 20 世纪 50 年代毕业于北京电影学院动画专业，虽然只有 24 岁，却已经是上海美影厂的"老原画"了。绘制原画是制作动画的重要工序，需要在造型原稿的基础上，绘制出人物的不同姿势、空间方位，以便在之后的动画中使用，即现在所说的动画设计。

张光宇在上海期间，严定宪专门两次去华侨饭店与他讨论。对导演万籁鸣来说，身为漫画家的张光宇画出的人物造型很有特色，装饰风格很强，方圆结合、线条复杂，配色也出挑。但是如果做成动画，按动画的要求画几千几万张，人物造型就需要线条简练、形象突出，尤其是主角孙悟空，整部动画片中差不多 2/3 的镜头里都有他，如果颜色复杂、线条烦琐，他身上多一笔，对原画来说就要多画几千几万笔，因此一定要简化。

从上海返回北京后，对于造型和场景的设计及修改，张光宇与万籁鸣主要通过信件沟通。由于孙悟空的造型迟迟没定下来，张光宇很着急，他在信中一再声称自己所做的这些人物造型原稿"请作为参考之用，但不一定太尊重我的图或者所谓风格问题，因为我的图还极不成熟，仅供研究参考，要请诸位大力发挥，特别是万老（万籁鸣）的断然决定"。

就这样，孙悟空的造型经过反复推敲，最终由严定宪修改后完成定稿。他保留了张光宇初稿中的桃形脸谱、弯月形绿色桃叶眉、大耳朵、帽子、豹皮裙等元素。万籁鸣评价："神采奕奕，勇猛矫健。"孙悟空从此成了中国动画中的经典形象。

《大闹天宫》上映

《大闹天宫》筹备工作告一段落，影片进入绘制阶段。

当时万籁鸣手下有8名原画，他们被分为5组，每组又配备数名助理，以分担不同的镜头绘制任务。万籁鸣给了他们充分的自由，当时他写的分镜头台本甚至没有详细的设计方案，孙悟空怎么从花果山出场，怎么破四大天王的4件法器，都没写。万籁鸣当时有个说法，他是大导演，原画们是小导演，他出题目，原画们做文章。

原画们之前看过的孙悟空，也就是京剧或者年画里的形象，但如何让孙悟空动起来，没人知道。按照万籁鸣的理解，孙悟空应该既有人性，又有猴性，还要有神的力量。为此他特意请来已经退休的京剧大师"猴王"郑法祥给大家上课。

原画严定宪和林文肖被分在一组，负责绘制孙悟空从花果山出场的镜头。最终，他们的想法是在京剧演员给他们上完课之后产生的。京剧演员告诉他们，舞台开场很有讲究，一般先锣鼓响起，一些龙套拿着旗幡从幕后出来开始走台，把阵势摆好，之后就听到后台一句高声唱腔传来，唱完后，主角就"哒哒哒哒"从后台走上前，走一圈后到台前站好摆一个架势，最后报上名来。

最终，在严定宪和林文肖绘制的那组画面里，镜头便随着小猴子从水帘洞里跳到石板桥上，小猴子们用月牙叉把水帘叉开，镜头推过去，金光一闪，远远地看见孙悟空，几个跟头一翻，画面变成近景，孙悟空完成亮相——这就是花果山的大王，小猴子们纷纷欢呼。

那时没有电脑，所有动画设计全凭画笔。10分钟的动画通常要用7000到1万张原画，而《大闹天宫》50分钟的上集和70分钟的下集，仅绘制就用了近两年。严定宪他们一天到晚坐在工作室里，每天至少工作10小时。

1961年，《大闹天宫》上集上映，张光宇因病只能在家里用电视看拷贝。

绘制《大闹天宫》所用的成千上万张化学版，是通过香港进口的赛璐珞片。令人遗憾的是，当时那些化学版很珍贵，上集拍完后就全部浸泡在清水里，一张张珍贵的画作就这样被洗掉，再用柔软的纱布把版子擦干，制作下集时继续用。

1964年，《大闹天宫》下集终于制作完成，但得到的上级指示是"暂时不放"，受当时文艺界"整风运动"的影响，《大闹天宫》被认为是借古讽今。而张光宇也没能看到《大闹天宫》的下集。1965年5月，65岁的张光宇去世。随后，"文革"开始。直到1978年，整部《大闹天宫》才第一次面向观众放映，并获得当年伦敦国际电影节最佳影片奖。

"文革"后，《大闹天宫》的首席原画严定宪做了《哪吒闹海》的导演，林文肖成了《哪吒闹海》的首席原画，而负责著名桥段"哪吒自刎"那场戏的原画，则是后来动画片《宝莲灯》的导演常光希。20世纪80年代，在上海美影厂老厂长特伟即将卸任、新厂长严定宪即将上任之际，两个人与林文肖共同导演了动画长片《金猴降妖》，继续讲述《西游记》中"三打白骨精"的故事。

2015年，动画电影《西游记之大圣归来》火爆上映，获得9.56亿元的票房。导演田晓鹏曾说，自己小时候最喜欢《大闹天宫》里的孙悟空，随着年龄的增长，发现《金猴降妖》里的孙悟空更吸引他。"《大闹天宫》里的猴子可能十几二十岁，而《金猴降妖》里的猴子更像一个成熟的中年人，透着侠气。"于是，《金猴降妖》里的孙悟空最终成为他自己的动画电影《西游记之大圣归来》的形象灵感来源。

（摘自《读者》2020年第18期）

一辈子在"较劲"

赵 絪

王瑶伯伯是父亲赵俪生清华时代的同学兼好友。二人一生保持着若即若离的友谊,彼此都有些不屑于对方,但又终生相互牵挂,以至于王瑶伯伯谢世后,父亲对他的弟子与传人予以密切的关注。这说明老同学的情分依然存在。

王瑶和父亲在学人中属于另类,两个人身上都带有几分狂狷之气。他们总是看到人家不愿让别人看到的那一面,非要提人家捂住不让提的东西。这是一对绝不讨人喜欢的学人。他们语言犀利,表达观点时淋漓尽致,用词无所不用其极,具有很强的感染力,同时也具有极大的煽动性——这是"一二·九"学生运动传承下来的风格。稍有区别的是,王瑶个性偏重于幽默而尖刻,父亲则更加犀利和义愤,所以他们倒霉的程度也就不一样了。王瑶既沾北大巨匠多多、"天子脚下"的优势,又恰逢反右时失足落入下水道而住院抢救，侥幸躲过了一顶右派的"桂冠"，而他当时的高足们似乎无一幸免地全部落网。所以事后，他得以自嘲："我现在是苟全性命于治世。"父亲生性鲁莽，也没有王瑶的那种机缘，被"金钵"死死地扣住，这一扣就是20余年。

第一次见到王瑶伯伯，是20世纪50年代初我刚上小学时。因王伯伯揶揄过父母的婚姻，告诉所有认识父亲的清华校友，"赵俪生结婚了，娶了一个并不漂亮的女人，生了一窝并不漂亮的女儿"，于是"这一窝并不漂亮的女儿"自然就耿耿于怀，憋着劲儿地要和这位王伯伯干一仗。时间大约是1953年，地点是山东大学蓬莱路一号父亲的书斋，上演了这样大不敬的一幕：两个老同学坐在书案的两侧，面对面地唇枪舌剑。父亲的3个女儿，坐在地毯上，以大姐为首，排成一排，像啦啦队似的有节奏地吆喝："小黑牙，滚蛋！小黑牙，滚蛋！"声高时，王瑶伯伯用手指着坐在地上的我们这群没家教的孩子，冲父亲说："你看看，你看看，你是怎么教育子女的？"虽然父亲也"去、去、去……"地轰我们走，但当我们不走时，他就冲王伯伯说："说咱们的，管她们呢！"多年以后，我暗悟当年这无礼行径竟为父亲包容，实属老爹对师兄的无礼，同时也让我们对王瑶伯伯背负了一生的歉意。

20世纪60年代初，王伯伯来兰州大学讲学，一进门就对母亲深深一揖，由衷地说了句："还是老夫人好哇！"其间有对年轻时失礼言语的致歉，也有对母亲几十年和父亲同舟共济、共渡苦难的钦佩和赞赏。讲学期间，姐妹们倾巢出动去听他作的关于曹禺戏剧的报告，这次不是逐客而是捧角，这让王伯伯很高兴。大家团聚在一起，热烈讨论，叙旧事、谈学问，也谈时下局势，真是神采飞扬、妙语连珠、其乐融融。经过了反右和困难时期，两位老同学比年轻时也稍有收敛，加之厚道的母亲在其间周旋，众儿女簇拥的热烈场面，所以没有发生两位老同学相互攻击的一幕。1966年初，我应另一位世交、古生物学家周明镇先生之邀，去北京小住月余，其间去北大拜访了王伯伯一家。王伯伯因未遭右派之灾，故安享三级教授待会，加之有发表文章的机会，那时家中已有电视机，满墙书橱俨然大学者的派头。但王家姐妹着装却异常简朴，显得规矩、老实。看样子王伯伯的家教要比父亲好得多。

　　这两位老同学只要凑到一起，就是相互攻击，从年轻到故去，似乎从未停止。可他们又彼此深深地牵挂、欣赏，谁也忘不了谁。比如20世纪50年代初教授定级，有大学研究生文凭、身居北大的王瑶伯伯被定为三级教授，来青岛一问，大学肄业3年，且是外语系出身的父亲在山东大学历史系，居然也被定为三级教授。本来他心里就不舒服，哪知父亲还要挑衅这已经很不愉快的师兄，摆出一副"怎么样？别看我没你那两个文凭，可照样和你平起平坐"的架势。结果王伯伯只有抬出北大的牌子来抵挡："我可是北大的三级，你只是山大的三级。"

　　在教学这一领域，他们同样能找出互相调侃的内容来。父亲的普通话虽略带山东口音，但也算"一口官话"了，而王瑶伯伯至死不改那一口山西腔调。父亲为此不知"臭摆"过他多少次："亏你在北京上学、教书大半辈子，那个山西调调儿一点都没有改进。"王伯伯颇不以为然地说："每年开学，都有新生递条子，说听不懂我的山西话，我就告诉他们：'你们就这么慢慢听吧，听习惯了自然就明白了。到时候听懂了，不是我的嘴巴改了，而是你们的耳朵变了。'"如此坚守乡音，也实属难能可贵。当父亲知道王伯伯还带有外国留学生时，不无讥讽地说："你那外国留学生的中国话一定也都是山西味的。"可放眼望去，那么多占据着中国现代文学史这块阵地的领军人物、出类拔萃的文化精英，不都是被操着一口山西腔的王瑶导师带出来的？

至于父亲的"台风"，已被他的弟子和传人渲染得极为生动，凡是听过他的学术报告和讲学的，从长辈到晚辈，从内行到外行，从欣赏他的到忌恨他的，无不折服于他的"一副钢口"，可其中所付出的辛劳也只有家人知晓了。特别是晚年，他去上课，母亲就得赶紧找出一套更换的内衣内裤。他下了课，一进家门已全身湿透，立马就得全脱全换，人像瘫了似的，要在榻上休息一两天才能缓过劲儿来。从20世纪50年代带出的孙祚民、孙达人，到80年代以秦晖为代表的"七只九斤黄"的关门弟子，还有在史学领域这块鲜为人知的寂寥园地，稍许留神拨拉拨拉，凡是从山大、兰大出去占有一席之地的各路名师名家，有几个没有听过他的课，有几个不是他身教口传的呢？像王瑶、赵俪生这样在学界薪火相传、门生中名家辈出的导师又能有几人呢？我想在"第一流的名师"行列中，应该有两位先生的身影。

他们走了，没有为他们应成为却未成为"世界级大师"而遗憾。他们不是不在乎名利，他们只不过在知己知彼、旗鼓相当、脾性相投的师兄弟间相互攀比罢了，其中多少带有"逗着玩"的色彩，归根到底较量的还是学问做得如何、书教得怎样，否则也不会如此关注对方的专著和他们的后学传人。他们也常以己之长，攻彼之短，有时显得不够意思和不守规矩，有时显得有失礼仪，但其中文人间的情致雅趣和真性情又流露得那般机敏、那般天真和那样可爱。

（摘自《读者》2017年第24期）

用青春铸造"生物盾牌"

牙谷牙狗

陈薇接受新华社采访时,哭了。那时,她刚刚被授予"人民英雄"国家荣誉称号,与她一起领奖的还有钟南山、张定宇等人。他们在抗击新冠肺炎疫情中,做出了杰出的贡献。

那天的采访是从陈薇的头发说起的。2020年初,她还满头乌黑,短短半年,头发白了很多。陈薇的母亲也在电视上看到了女儿的变化:"她变老了,都有白头发了。以前在抗击非典和埃博拉病毒的时候,头发都还是黑的,没一根白的,这次她是真操心了。"说完,老人家又颇为骄傲地说,"没事的,为人民服务嘛!"

目前,全球进入Ⅲ期临床试验阶段的新冠肺炎疫苗有8种,中国占了其中4种。2020年9月,在中国国际服务贸易交易会上,中国企业展出了3种新型冠状病毒灭活疫苗。

采访过程中，陈薇数次流泪，她说："新冠疫苗专利是我们的，原创是我们的，所以我们在任何场合，不用看任何人的脸色……既然把你放到这个位置，也带出这个团队，你这面旗帜不能倒，你这种精神不能退！"

一

1990年，陈薇24岁，还是一个天真烂漫的姑娘，在清华大学生物化工专业攻读硕士。彼时热爱文艺的她，并未想到，自己有朝一日会穿上军装。

学业繁重而枯燥，陈薇喜欢用跳舞调剂生活。清华大学女生相对较少，她便联合周围其他大学的女生一起举办舞会，还成为学校咖啡馆首批兼职服务员。那时的她前卫而时尚。

少女的心思细腻而缜密，陈薇爱上了文学，经常在学校报刊上发表散文、诗歌，还担任了两年《清华研究生通讯》的副主编。那时她最大的梦想，是成为一名作家。

如花似玉的年纪里，陈薇谈起恋爱。尽管对方比她大12岁，当时是一家酒厂的工作人员，但年龄和身份的差距没能阻挠这份爱情，相反，他们的相遇颇为浪漫。

1989年，23岁的陈薇坐火车前往泰山旅游。因为没有买到坐票，在颠簸的火车上她一个趔趄，差点儿摔倒。扶住她的，便是当时35岁的麻一铭。

麻一铭将座位让给陈薇，二人一路攀谈，互生好感。临别时，麻一铭鼓起勇气向陈薇要了电话。一周后，麻一铭出现在清华大学校园，从此，二人一直出现在彼此的生命中。

时间回到1990年，爱好广泛的陈薇看似与科研工作毫不沾边，她也从未想过从事科研工作。

那时，她已经和深圳一家著名的生物医学公司顺利签约。如果照此发展下去，这个天性浪漫的女孩，可能会在深圳过上幸福的生活。

但一切都因一场意外而改变。

1990年12月，陈薇被导师安排去军事医学科学院取实验所需的抗体。走进军事医学科学院，陈薇被眼前的一切吸引了：高精尖的科研设备、前沿的科研课题，让陈薇产生了投身其中的强烈愿望。

回去之后，她多方打探，听说军事医学科学院是当年周恩来总理亲自签署命令，从全国抽调最优秀的科学家迅速成立的，担负着国家防御核武器、化学武器和生物武器的特殊研制使命。年轻的陈薇，一时热血沸腾。

二

1991年4月，她放弃高薪，被特招入伍，加入军事医学科学院微生物流行病研究所。那个曾经在清华园里跳舞的女生，开始了与病毒"共舞"的日子。

两年后，在一次学术会议上，她遇到了自己的师弟。几番攀谈，她得知，对方的收入竟是她的百倍以上。与收入上的挫败相比，更让她觉得寂寞的，是科研工作的枯燥。

成天面对冷冰冰的实验器材，不断地整理枯燥的实验数据，大好的青春年华里，她埋头在实验室，为实验结果发愁。

更让她苦恼的是，这样的辛酸并没有快速换来显著的成绩。几年的时间里，她的工作仍旧没有太大的建树。而稍有不慎，自己长时间积累的实验数据，还会顷刻化为乌有。

有一次，大年三十晚上，她离开实验室，回家看望公婆，回来时，却发现实验室一地液体，陈薇当场傻了眼。一个人站在实验室里，看着满屋狼藉，几个月的努力就这样白费了。她哭了，"脑袋里全是李清照的词——冷冷清清，凄凄惨惨戚戚，怎一个愁字了得"。

陈薇也想过放弃，但脑海里总是浮现出炭疽、鼠疫、天花这些烈性微生物。"一想到这些可能被用于战争或者恐怖袭击，给国家和民族带来灾难，我对铸造生物盾牌，就有一种强烈的使命感和紧迫感。"怀着这种信念，她坚守至今。她的同事介绍，从毕业到现在，她很少在晚上12点之前下班回家。

12年冷板凳坐穿，陈薇拿到了生物学、医学双博士学位，被研究所破格提拔为研究员。

家人以为她终于可以过上相对安逸的生活，但殊不知，命运对她的考验才刚刚开始。

三

2003年，"非典"暴发，数万人确诊，无数医务人员感染，全国上下人心惶惶。

危急关头，陈薇接到命令，对"非典"致病原因及相关疫苗研发展开研究。她带领团队，一头扎进实验室，历经无数个日与夜，在国内率先分离出SARS病毒，确定这就是"非典"元凶。

随后，陈薇证实了"重组人干扰素ω"喷雾剂对"非典"有抑制作用。2003年4月28日，"重组人干扰素ω"通过国家食品药品监督管理局的批准，获准进入临床试验。

为了满足医务人员的需要，陈薇组织全室人员加班加点生产，连续奋战20多个昼夜，并亲自将2000多支"重组人干扰素ω"喷雾剂送到当时的小汤山医院。

数据统计显示，彼时使用"重组人干扰素ω"的1.4万余名医务工作者，无一感染"非典"。

当干扰素被运送到全国各地医务工作者手中时，陈薇已经100多天没回家了，即便她的家距离实验室只有几公里。

丈夫和儿子在家中焦急等待。一天上午，有记者提前告诉麻一铭，说晚上的《东方时空》可能会有陈薇的镜头。

丈夫带着儿子早早便守候在电视机前。当陈薇的镜头出现时，儿子抢先扑上去，亲吻着屏幕中的妈妈。

麻一铭常常透过窗户，看着不远处陈薇的办公室。深夜，陈薇下班，麻一铭一定会出现在研究院门口，二人一起牵着手回家。

"非典"之后，有人问陈薇："每天和非典病毒面对面，你怕不怕？"陈薇则坦然地说："穿上这身军装就意味着，这一切是你应该做的。"

2008年汶川大地震后，她率先前往灾区，参与灾后瘟疫的防治。从灾区回家不久，她又马不停蹄地加入"军队奥运安保指挥小组专家组"，成功处置了数十起核生化疑似事件。

2014年，埃博拉病毒在非洲暴发，并迅速传播到欧洲和美洲，致死率达到惊人的50%~90%。

即便非洲与中国远隔万里，但陈薇还是敏锐地觉察到："埃博拉距离我们只有一个航班的距离。"她提出，要把病毒挡在国门之外。

为了更好地了解不断变异的埃博拉病毒，铸造中国的"生物盾牌"，陈薇提出一个大胆的想法——到非洲去。

2014年9月，陈薇研制成功第一支抗击埃博拉病毒的新基因疫苗。

2015年9月，在非洲塞拉利昂，陈薇进行了Ⅱ期临床试验，开创了中国疫苗在境外临床试验的先河。

无数次攻坚克难之后，疫苗最终研制成功，为疫区人民筑起了一道安全屏障，也保护了当地的中国维和部队战士。

2017年10月19日，该疫苗获得国家食药监总局新药证书和药品批准文号，成为全球首个获批的埃博拉疫苗。

2016年，因在抗击埃博拉中的突出贡献，陈薇荣获"2015年度中国十大科技创新人物"，与她同时入选的，还有获得诺贝尔奖的屠呦呦。

获得这一荣誉的陈薇没有骄傲，她提及最多的，是孩子。在非洲，陈薇曾到访一家孤儿院，那里有48个孩子，全部因埃博拉失去了家人。陈薇说："我希望在这个世界上，再也不要因为'非典''埃博拉'等烈性病毒，让更多的孩子失去童年的色彩。"一声祝愿背后，是她近30年与病毒战斗的无数个日日夜夜。

2017年，电影《战狼Ⅱ》上映。剧中，吴京饰演的中国退伍军人冷锋，在非洲上演了一场生死救援。当年，很多人都被这一幕感动：陈博士为保住拉曼拉病毒的"活体疫苗"，临危向冷锋托付女儿……其实，很少有人知道，电影中那个援助非洲从事病毒研究的陈博士，原型就是陈薇。那时，她被誉为"埃博拉终结者"。

2020年，新冠肺炎疫情袭来，将所有人打了一个措手不及。伴随着确诊人数的增多，武汉封城，工厂停工，人们被隔离在家。但陈薇没有休息，1月26日大年初二，陈薇带领军队专家组乘专机奔赴武汉前线紧急驰援。

仅用4个昼夜，他们就在武汉建成一座用帐篷搭建的移动检测实验室。陈薇迅速参与到检测试剂盒的研发中，其中核酸全自动提取技术大大缩短了确诊时间。

在最初确诊等于救命的情况下，陈薇的科研成果挽救了不知多少新冠肺炎患者的生命。

1月28日，疫情逐渐严重，美国总统特朗普宣布，要在12周的时间内，将新型冠状病毒疫苗研制成功。

当记者问到陈薇时，她自信地说道："我相信，我们国家科研人员的速度，绝不亚于美国的！"

3月16日20时18分，陈薇团队所研制的重组新冠疫苗，终于获批启动，展开临床试验。从研发，到志愿者接种，再到取得重大进展，陈薇团队仅仅用了68天。

这次疫苗研发取得重大进展，不仅代表了中国科技实力的进步，也彰显了科学家无私奉献的精神——一旦疫苗真正应用，将不仅造福中国人民，更会给各国人民带去希望。

四

熟悉陈薇的人都知道，"快"是她最大的特点——走路快，说话快，工作节奏也快。很多同事评价："她的思维非常敏锐，我们总跟不上她的节奏。"

甚至1998年怀孕生子后，陈薇仅仅休息了一个月，就重新回到实验室，投入工作。

"快"是陈薇多年养成的工作习惯。她自己解释，总觉得时间不够用，希望自己再快一点，从死神手里拯救更多生命。

而这种"快"的背后，是陈薇多年的"慢"。毕业进入军事医学科学院微生物流行病研究所时，她默默工作很多年，工资不如其他同学高，机会也不如其他同学多。但她仍旧坚守住了自己的内心，拯救了无数生命。事了拂衣去，深藏身与名。

这个世界上有太多聪明人，有太多才华横溢的人，但也有太多聪明反被聪明误的人。他们认为聪明能够代替勤奋，殊不知，这个世界上的捷径只有一条，就是脚踏实地，一步一个脚印往前走。

袁隆平研制杂交水稻成功前，在田间地头从事科研工作将近20年；钟南山在"非典"、新冠肺炎疫情中力挽狂澜，也与他多年的积累密不可分。

无数事实证明，那些耐得住寂寞、奋力向前的人，才是这个国家、这个社会真正的支柱。

（摘自《读者》2020年第23期）

航天人的薪火传承

巴九灵

1

2021年6月17日,"神舟十二号"载人飞船进入预定轨道后,酒泉卫星发射中心的测发大厅传来一阵欢呼。接下来,就要看"神舟十二号"指令长聂海胜如何开展后续工作了。对聂海胜来说,这已经是他第三次飞天。

他的弟弟聂新胜坐在电视机前,泪光闪动。对"神舟十二号"的自豪和对哥哥的惦记让聂新胜百感交集。良久,他说了一句话:"有国才有家,我希望他能完成任务。"

这次飞行,由聂海胜和刘伯明带着新人汤洪波执行任务。

老带新是中国航天的传统。上次"神舟十号"发射时，聂海胜带着张晓光和王亚平，他时不时地抽查两个人的专业知识，给他们分配任务。王亚平叫他"定海神针"，有聂海胜在，两名小将都安心了。

从 2003 年"神舟五号"项目开始做准备时，聂海胜就被列入任务梯队，成为备选队员。接下来的 7 次"神舟"系列发射，聂海胜 3 次备选，3 次入选。即便在备选时期，他也需要做准备直到火箭点火的那一刻。在这 18 年里，有不计其数的考核，聂海胜一直处于训练状态。

宇航员的全部训练项目，都在挑战人体的极限。

他们要穿 120 公斤重的宇航服下水进行模拟失重训练，在飞速转动的离心机里承受 8G 的离心力，眼泪鼻涕甩得满脸都是，脸被拉得变形。他们要躺在一张倾斜度为负数的床上，头朝下，倒着吃饭，倒着排便，每次训练都要连续躺几天到一周。

在飞船发射和返回过程中，传到舱内的噪声会很大，宇航员要进入一间屋子做听力训练，尖锐的噪音堪比用指甲划黑板，他们需要不断通过听力训练提高耐力。

在训练的过程中，宇航员手里有报警器，如果觉得自己实在不能承受，按响它，训练就会终止。但多年以来，没有一个人按响报警器。

聂海胜已经 57 岁，刘伯明 54 岁，最年轻的"新人"汤洪波也有 45 岁。这些"老航天"依然在为中国的航天事业时刻准备着，而中国航天的后起之秀同样未来可期。

2

2010 年夏天，执行过"神舟"系列任务的杨利伟、翟志刚、刘伯明来到哈尔滨工业大学，跟学生们分享航天人的荣誉和责任。韦明川当时是航天学院的大三学生，此次分享让他深受触动，彼时是他研发卫星的第二年。

此前，全世界都没有高校学生研发卫星的先例，韦明川的好友也觉得他的想法是天方夜谭。

韦明川觉得自己成绩并不算太突出，没获得过读研的保送资格，在哈工大读硕士和博士都是自己考上的，但他很明白自己对航天事业的满腔热忱。

他说动了包含航天、计算机、电气、机械等8个专业的同学加入科研项目。没有经费他就去申请项目、去科研论坛拉资金、把自己的生活费贴进实验里，最终把研发卫星的想法变成了现实。

2015年，"长征六号"在太原卫星发射中心发射。伴随着"3、2、1"的升空倒数，在清晨的薄雾中，20颗卫星"乘坐"着"长征六号"一起被送入太空。韦明川团队研制的第一颗卫星"紫丁香二号"就在其中，这是全球第一颗由高校学生研制出的微纳卫星，24岁的韦明川因此成为中国最年轻的卫星总设计师。

两年后，一张地月合影被刊登在世界权威学术杂志《科学》上。这是韦明川团队利用研发出的微卫星"龙江二号"，克服了太空拍摄条件的复杂困难，拍出的最美地月合影。

韦明川团队被誉为中国最年轻的航天团队，成员全是"90后"。团队中年龄最小的是负责卫星数据处理和软件设计的黄家和，1999年出生，加入韦明川团队时，只有17岁。

黄家和4岁那年，在电视上看到杨利伟搭乘的"神舟五号"划破苍穹，对杨利伟无比崇拜，希望自己未来也能从事航天工作。每逢有航天器发射，他都一次不落地观看。韦明川团队的其他成员，也都有着与黄家和相似的对航天工作的纯粹热爱。

因为热爱，所以投入，他们更明白中国航天事业还需要更多人才。

在卫星项目有了进展之后，韦明川团队也协助母校培育下一批航天人。

在韦明川的带动下，哈工大在2020年新开设了一个特色班——小卫星班，围绕航天器控制、设计等相关学科进行授课，意在培养对航天有热情的学生。韦明川的科研基地，成为小卫星班的实践场所，他们正在把研发卫星的经验，传授给更年轻的航天人。

3

在这次"神舟十二号"的发射任务中，3名宇航员登陆了我国自己的空间站：天和空间站。登陆空间站被各国视为太空项目最重要的环节，中国人登上自己的空间站，在社交媒体上反复刷屏，是因为我们曾经被国际空间站拒之门外。

距离地球约400公里的国际空间站，是由美俄在内的16个国家共同建成，并在2010年投入使用。先后有19个国家的宇航员登陆了国际空间站。

在空间站建设期间，中国被美国指责技术不足，不准参与。建成后，中国又被美国的《沃尔夫条款》挡在空间站外，被禁止中国与美国航天局一起参与科研项目。

中国航天空间站系统总设计师杨宏感慨道："我们不能总跟在别人屁股后面跑，就算你跟着别人跑，人家也不带你玩儿。"国外的长期封锁，反而让中国航天人知耻而后勇，在航天领域奋起直追。

新的力量正在迎头赶上，小卫星班的学生已经入学。在"神舟十二号"飞船发射那天，小卫星班的学生被邀请到酒泉卫星发射中心观看发射。十七八岁的青年，看着"长征二号"F运载火箭拖着尾焰穿云破日，感受到脚下传来的震颤，热泪盈眶。

这是航天人的薪火传承，是中国同一个航天梦想的交接。

（摘自《读者》2021年第17期）

简单相信，傻傻坚持

樊锦诗/口述　顾春芳/撰文

几年前的一天，中欧商学院到敦煌考察，请我去参加他们的会议。我一到会场，就看到大屏幕上显示了八个字："简单相信，傻傻坚持。"会议还请我发言，我就说："那屏幕上的八个字，说的不就是我嘛！"当时大家都笑了。

我曾在演讲时说到，父亲他们那一代人年轻的时候思想非常单纯，我们这一代也还是这样，我们就是相信新中国，相信共产党，相信毛主席。"文化大革命"初期，毛主席说你们是"文化大革命"的革命小将，要关心国家大事。我也积极参加"文化大革命"，但是我从来没有打过人，也没有参与过抄别人的家。

现在回想"文革"期间发生的很多事情，都觉得不应该，但是当时的情况就是那样。一直到1971年，我反思了很多事情，反思的结果是，希望赶紧恢复停滞多年的业务。有人说我阶级立场模糊,阶级路线不清晰,说当年常书鸿是给大家"找窝下蛋",我现在干脆是给人"铺窝下蛋"。我听过就过,也不放在心上。我想不管怎样,在研究所内部都绝不能再发生互相上纲上线、检举揭发的"窝里斗"了。

等到"文革"结束,大家真的是迎来了一个春天,敦煌也迎来了春天,我们终于可以放开手脚,恢复研究所的业务了。再后来,改革开放来了,市场经济也来了。我们有思想准备吗?经济大潮给文物保管工作带来了许多新问题,社会发展得太快了。

父亲走了以后,我们一家骨肉分离,天各一方。当时,我和老彭刚结婚不久,老彭在武汉,我处理完父亲的后事就回到敦煌。那段时间我比较痛苦和迷茫,感到自己一无所有,离开故乡,举目无亲,就像一个漂泊无依的流浪者,在时代和命运的激流中,从繁华的都市流落到西北的荒漠。每到心情烦闷的时候,我就一个人向莫高窟九层楼的方向走去。在茫茫的戈壁上,在九层楼窟檐的铃铎声中,远望三危山,天地间好像就我一个人。周围没别人的时候,我可以哭。哭过之后我释怀了,我没有什么可以被夺走了。

但是,应该如何生活下去呢?如何在这样一个荒漠之地继续走下去?常书鸿先生当年为了敦煌,从巴黎来到大西北,付出了家庭离散的惨痛代价。段文杰先生也有着无法承受的伤痛。如今同样的命运也落在我的身上,这也许就是莫高窟人的宿命。这样伤痛的人生,不只我樊锦诗一人经历过。历史上凡是为一大事而来的人,无一可以幸免。

每当这时,我都会想起洞窟里的那尊禅定佛,他的笑容就是一种启示。过去的已经不能追回,未来根本不确定,一个人能拥有的只有现在,唯一能被人夺走的,也只有现在。如果懂得这一点,就不能也不会再失去什么了，因为本来就不曾拥有什么。任何一个人，过的只是他现在的生活，而不是什么别的生活，最长的生命和最短的生命都是如此。对当时那种处境下的我来说，我没有别的家了，我只有莫高窟这一个家。我能退到哪里去呢？如果是在繁华的都市，也许还可以找个地方躲起来，可是我已经在一个荒无人烟的地方，还有哪里可以退，还有哪里可以躲呢？退到任何一个地方，都不如退入自己的心更为安全和可靠。

那段时间我反复追问自己，余下的人生究竟要用来做什么？留下，还是离开敦煌？没有任何人能够阻止我按照自己的意愿去生活。我应该成为一个好妻子，一个好母亲，我应该拥有一个完整的家庭，应该有权利和自己的家人吃一顿团圆的晚饭。没有我，这个家就是不完整的，孩子们的成长缺失了母亲。但是，在一个人最艰难的抉择中，操纵他的往往是隐秘的内在信念和力量。经历了很多突如其来的事情，经历了与莫高窟朝朝暮暮的相处，我感觉自己已经是长在敦煌这棵大树上的枝条了。离开敦煌，就好像自己在精神上被连根砍断，就好像要和大地分离。我离不开敦煌，敦煌也需要我。最终我还是选择留在敦煌，顺从人生的必然以及我内心的意愿。

此生命定，我就是莫高窟的守护人。

我已经习惯了和敦煌当地人一样，日出而作，日落而息，年复一年、日复一日地进洞窟调查、记录、研究。我习惯了每天进洞窟，习惯了洞窟里的黑暗，我享受每天清晨照入洞窟的第一缕朝阳，喜欢看见壁画上的菩萨脸色微红，泛出微笑。我习惯了看着洞窟前的白杨树在春天长出一片片叶子，又在秋天一片片凋落。这就是最真实的生活！直到现在，我每年过年都愿意待在敦煌，只有在敦煌才有回家的感觉。有时候大年初一为了躲清静，我会搬上一个小马扎，进到洞窟里去，在里面看看壁画，回到宿舍再查查资料，写写文章。只要进到洞窟里，什么烦心事都消失了，我的心就踏实了。

有人问我，人生的幸福在哪里？我觉得就在人的本性要求他做的事情里。一个人找到了自己活着的理由，而且是有意义地活着的理由，以及促成他所有爱好行为来源的那个根本性的力量，他就可以面对所有困难，也能够坦然地面对时间，面对生活，面对死亡。所有的一切必然离去，而真正的幸福，就是在自己心灵的召唤下，成为真正意义上的那个自我。

（摘自《读者》2021年第8期）

我爱你，正如深爱莫高窟

敦煌研究院

自 1944 年国立敦煌艺术研究所成立至今，一批批有志青年满怀着激情和对敦煌艺术的热爱，纷纷来到莫高窟。

几代敦煌人的足迹里藏满故事，其中不乏或细水长流，或情比金坚的爱情传奇。

史苇湘、欧阳琳：一见钟情，一往情深

"在我三灾八难的一生中，还没有一次可以与初到莫高窟时，心灵受到的震撼与冲击比拟……也许就是这种'一见钟情'和'一往情深'，促成我这近 50 年对莫高窟的欲罢难休……"被称为敦煌"活字典"的史苇湘先生如是说。

1947年，女友欧阳琳已经到了敦煌，她形容初见敦煌的感受是"又惊讶，又感动"。一年后，24岁的史苇湘抗战归来后立刻赶到敦煌。

临摹并不容易。每一根线条看起来平淡无奇，真要落笔时，需要收起自己，才能体会千年前古人的良苦用心。稍有不慎，就与原作相去甚远。加之光线原因，不到一平方米的壁画临摹起来往往需要几个月时间。

史苇湘和欧阳琳就这样专注临摹40余年，不知疲倦，只觉得敦煌有画不完的美。

现已从敦煌研究院退休的敦煌学专家马德说："从事绘画的人一般都自称或被称为艺术家，而欧阳老师和她的同事们都自称'画匠'。他们心甘情愿一辈子做画匠，一辈子默默地从事敦煌壁画的临摹工作。"

他们没有计较过住的是土房子，没有为冰窖一样的宿舍介怀。相反，每天的白水煮面条、白菜和萝卜，没有油水、没有四川人少不了的辣椒，他们也能吃得津津有味。

他们给自己的女儿取名史敦宇、欧阳煌玉。欧阳煌玉回忆："有次我问我妈，苦吗？她说，水果好吃，也不觉得苦。"

孙儒僩、李其琼：爱是不问前程

2014年，敦煌研究院建院70周年。5月，在莫高窟的老美术馆里，有一场朴素的展览：心灯——李其琼先生纪念展。

1952年，27岁的李其琼从四川来到敦煌文物研究所美术组，主要负责壁画临摹工作。她是继段文杰之后，临摹敦煌壁画数量最多的画家。

展出的作品琳琅满目，更加引人注目的是一个背影——照片里，从梳着双尾麻花辫的少女到霜丝侵鬓的老人，李其琼面对壁画临摹了一辈子。

在她的丈夫，敦煌研究院保护研究所第一任所长孙儒僩眼里，"是光照千秋的敦煌艺术的伟大火炬点燃了她这盏心灯"。

如果没有当初孙儒僩给李其琼的一封信，她也许不会放弃可能留在八一电影制片厂工作的机会，远赴敦煌。

信中是这样写的："敦煌的冬天实在令人难以忍受。早上起床，鼻子上时常会覆盖一层霜，杯子和脸盆里残留的水，则结着厚重的冰凌……流沙对莫高窟的侵蚀已经到了难以想象的地步，它的瑰丽与神秘有一天可能会消失，而我就是要让它消失得慢一些……"

李其琼来到敦煌两周后，就与孙儒僩举办了简单的婚礼。两个人在土炕、土桌子、土凳子、土柜子组合而成的"家"中开始了他们的新生活——大多数时间，孙儒僩忙于治沙和加固石窟，李其琼则钻进阴冷的洞窟临摹壁画，不知疲倦。

樊锦诗、彭金章：这么远，那么近

"只顾事业不顾家"，很多人这样评价樊锦诗。

她20岁考上北大，时常晾衣服忘了收、晒的被子不翼而飞，才意识到自己需要人照顾。她最喜欢泡图书馆，彭金章比她早到，会帮她在旁边留个位子；她总在手腕上系块手绢，彭金章就送她更好看的；她是杭州人，彭金章从河北家乡带特产给她吃……

一个简单，一个质朴，碰在一起就是默契。

1962年，樊锦诗24岁，和同学到敦煌实习。

没错，敦煌是艺术殿堂，但这里没水没电，没有卫生设施，吃白面条，只加盐和醋。报纸送到手上时已经是出版10天以后，新闻变"旧闻"。

第二年毕业分配，樊锦诗去了敦煌，彭金章去了武汉大学。之后是长期的书信往来。

1967 年，他们在彭金章武大的宿舍里办了简单的婚礼，开始了长达 19 年的两地生活。一年的团聚时间不超过两周。

孩子生在敦煌，彭金章赶来已经是一周以后了。他挑着扁担，里面装的是小孩的衣物和鸡蛋。"樊锦诗看到我，眼泪都出来了。儿子已经出生好几天了，还光着屁股。"

一个人照顾孩子实在难，大儿子一岁多时，樊锦诗把他送到河北去。4 年后小儿子出生，大儿子就得和小儿子在河北和武汉之间来回换。彭金章在武汉照顾一个，他的妹妹在河北老家照顾一个。

大儿子读初中时写了封信给樊锦诗："妈妈没调来，爸爸又经常出差……"

终于，1986 年，在找到合适的人接替工作之后，彭金章来到敦煌。

往后的 20 多年，他一直在敦煌石窟考古和在敦煌学研究领域耕耘，退休后也没有放下。

1998 年，樊锦诗出任敦煌研究院院长，忙于国际合作、科学保护、条件改善、人才延揽以及数字敦煌的建设，以期永远地留住莫高窟。

2017 年 7 月 29 日，彭金章在上海去世。

生前他说："如果不是喜欢这里，我也不会来；如果不是喜欢这里，我来了也会走。"

这无意中投射出敦煌人的爱情信念："爱你所爱，行你所行，听从你心。"

一代代敦煌人坚守莫高窟，心无杂念，勇往直前，才有了今天"千年敦煌重焕光彩"的模样。

他们不一定听过电影《无问西东》里那句台词——"静坐听雨无畏，无问西东求真"，但他们就是这样做的。

（摘自《读者》2021年第10期）

以星星的名义作答

肖 睿

4岁上小学，16岁上大学，26岁博士毕业，32岁成为博士生导师，曾任北斗试验系统分系统主任设计师，现任中国科学院导航总体部副总工程师、中国科学院空天院研究员，徐颖的人生在很多人眼里都是"开挂"般的存在。

2016年，一次偶然的机会，她用脱口秀的形式做了一场名为《来自星星的灯塔》的科普演讲，收获了超过2000万次的视频播放量。

2017年，她和航天英雄杨利伟、中国科学院院士欧阳自远等人一起，被评选为"科普中国形象大使"。今年，她又荣获第26届"中国青年五四奖章"。

在这些光鲜的荣誉背后，徐颖说自己只是北斗系统工作者中普通的一分子，对于"北斗女神""科学家"的称呼，她总是笑着婉拒："我觉得我现在肯定不算是一名科学家，只能说是一名青年科研工作者，再过几年呢，可能我就会变成一名中年科研工作者。"

默默"拧螺丝"的人

如果用最简单的话来描述北斗的根本意义，徐颖会用三个字：守国门。

"对，就是守国门、守命脉的事情。"徐颖解释，"卫星导航定位系统其实是一个时空的服务者，它告诉我们时间、空间，保障了我们的生活运转，更关系着国计民生、国防安全乃至主权独立，是非常重要的一个基础设施，我们一定要把它构建在自己建立的系统基础之上，不能把命脉交到别的国家手里，这就是北斗存在的最根本的价值。"

20多年的时间，400多家研发单位，30多万科研人员……徐颖觉得，北斗就像一艘巨轮，不仅需要先进的思想、技术、管理来做巨轮的"中枢"，更需要在每个岗位上默默"拧螺丝"的人，秉持实干精神，保证把自己手中的"螺丝"拧到最稳，永远不掉、不出问题。"正是这些看似微小的细节和千千万万埋头实干的人，才组成了这样一艘巨轮，保护着它安全、可靠、有效地往前走。"

在徐颖眼里，导师们都是实干型的人。"哪怕得了国家技术发明奖一等奖，或者任何奖项和荣誉，他们都还是会关注科研工作中最基础的问题。有时候在实验室，导师可能觉得我们焊的板子有一些细节不是很符合要求，便会亲自上手去做，直到满意为止。"

在北斗人身上，这样的实干精神是一脉相承的，徐颖还听过一个令她记忆深刻的故事，是关于北斗卫星导航系统工程原总设计师、共和国勋章获得者孙家栋院士的：在一次北斗卫星调试中，卫星组装出了一点问题，当时已经80多岁高龄的孙家栋院士立刻就跪在地上，亲手检修卫星的底部。

"在这些前辈身上，这种务实的作风体现得淋漓尽致。在北斗的每一个项目中，每一个总工程师都能够深入技术的最底层，不会飘在上面。有的人可能觉得，我们这个领域，讲太空、讲宇宙，都是些诗和远方这样很宏大的话题。但当你真正去做太空探索这件事的时候，你会发现落到工程上，可能就是焊一个器件、调一行代码，它是会落地的，会落得非常扎实。"

从老一辈北斗人身上学来的精神，徐颖也传授给了自己的学生。徐震霆是徐颖的研究生，目前的研究方向是卫星导航接收机。跟随徐颖做科研，徐震霆最大的收获就是学习到了对待科研的态度。

除了严谨务实，徐颖教给学生的第二件事是"要耐得住寂寞"。与北斗相伴的十几年间，徐颖说自己的工作强度远远不止"996"。周末和节假日，泡在单位加班对徐颖来说也是家常便饭。

"耐得住寂寞，一定是做科研的基本素质。因为科研工作是一个周期非常长的事情，可能要很久才能得到一点反馈。如果是那种'恨不得我今天干的事明天全世界就来夸我'的性格，那么这个人可能就得换一个行业。"但在徐颖看来，这其实也是一个具有两面性的事。"周期长其实也意味着科研生命可以很长，可能到60岁、70岁，甚至80岁，还能持续地做这件事情，并且过往积累的经验会给你带来更有力的支撑。"

打破性别天花板

和北斗面临诸多质疑一样，作为女性，徐颖也曾面临过关于性别的质疑。

那是她在博士毕业找工作期间的一次面试，面试官对她说："你可以反驳我，但是我觉得女生不适合做科研。"听到这句话，徐颖的第一反应是愣了一下："我知道也许很多人心里这么想，但是这么直白地表达出来的还是比较少见的。"想了想，徐颖回复道："我觉得没有不适合做科研的性别，只有不适合做科研的人。"

事实上，这样全凭感觉的判断，对很多女孩来说并不陌生。在徐颖的组里读研三的陈静茹曾经观察过，高中时她所在的理科班里女生和男生比例是3∶4，到了大学的理工科专业则是3∶7，等到了研究生的班里，这个数字变成了3∶30。"好像大家天然地认为，女生就应该学文科，应该从事更'安稳'的职业。"

徐颖也无法认同这种对性别的刻板定式，但她的态度更冷静。"有人认为这是一种性别歧视，我可能会觉得它更多的是一种思维定式。就像大多数人认为女生不适合学工科，同样也会有人说男生不适合学护理。似乎所有人都默认男生更适合做一些需要逻辑思维、体力消耗大的工作，而女生则适合去做需要细致、有耐心的工作。实际上换个角度来看，为什么大多数人会这么想，肯定还是因为女生学工科的少、男生学护理的也少，这其实就是一个群体概率和个体的情况。也许对于群体来讲，80%的女生都不适合学工科，但是对于个体来讲，落到一个人身上的概率可能是0，落到另一个人身上则可能是100%。所以说群体概率在个体的选择面前是没有意义的。判断自己能不能做科研的依据是：是否对未知的世界充满好奇，是否在煎熬的时候选择继续，是否有勇气随时从头开始。要不要走这条路、合不合适，由自己来决定，不由其他任何人来决定。"

在徐颖看来，科研界恰恰是一个特别容易打破性别天花板的地方。"因为在科研界，一切都要靠最后的成果来说话，每个人都需要做出点东西，才能支撑自己的观点，这不会因为性别而有所改变。而当你站在太空的角度思考问题，很多事情好像就更不值得讨论了。你看着星空，就一点儿都不屑于反驳'女孩不适合做科研'这样的话，你只会觉得，任何一个人都应该有机会去靠近、去探索。星空多广阔啊，每个人在它面前都是平等的，它只管接受你的来意、你的志向，从来不会问你是男是女。"

陈静茹很庆幸自己能成为徐颖的学生，"能跟着这么优秀的老师求学，我觉得特别幸运，老师常常跟我们说一句话，'求其上者得其中，求其中者得其下'。她告诉我们，不管做什么事情，目标一定要定得高一点儿，不要因为自己是女生，就放低追求的标准，这样哪怕完成不了自己本来的目标，起码结果也不会太差。老师就像一个'六边形战士'，在她身上我收获了很多的女性力量"。

徐颖曾多次被问及："作为一名女性，如何平衡工作和生活？"面对这样的问题，她总会露出无奈的笑容，她说："似乎从来没有人这么问男性。这其实是另一种思维定式，也是大众对女性过高的期待，希望女性在工作之余还能照顾好生活和家庭。事实上工作和生活是没办法平衡的，因为每个人的时间都有限，花在一件事上的时间多了，那么给另一件事的时间自然就少了，不可能什么都选，只能做好选择，然后对所选的事情负责。"

更广阔的空间和可能

当前，可以说北斗系统的建成改变了全球卫星导航系统的竞赛格局，也在不断地改变我们的生活和未来。

在徐颖的科普演讲和视频中，她用生动的故事代替高深、晦涩的科学术语，用风趣幽默的语言为公众讲述北斗研发的故事。在她的讲述中，北斗正在润物细无声地影响我们生活的方方面面：当你的智能手环提示明天会有一场雷阵雨，当你用手机App查询附近好吃的饭馆时，都可能是北斗在为你服务。

在卫星导航系统业内有一句名言："卫星导航定位系统的应用，只受制于个人想象力的限制。"对此，徐颖的理解是：北斗已经应用于各行各业，怎么能够更好地让它按照每个行业的需求来为其提供服务，这就是所说的"想象力"，换句话说，就是科学的创新精神。"科技创新一定要有一片特别好的土壤，这就要从孩子、学校、教育，包括科普这些最细微的地方开始入手。"徐颖说。

因此，徐颖愿意在繁重的科研工作之余，一次次出现在大众面前承担科普的工作。"如果每一个科研工作者，都能来讲讲自己最熟悉的领域，不用花太多的时间，也许就能让大家更多地看到这个科研领域的无限可能性，以及科研自身的魅力。尤其是对于孩子们，培养他们的科学素养，激起他们对科学的向往，那么再过10年、20年，一定是能够看到成效的。如果我的一些话，能够让年轻人对科学有兴趣，让更多人可以试着用科学的眼光看问题，甚至哪怕只是让一个在科研领域大门前犹豫的女孩重获信心，我就觉得这个时间花得很值。"

徐颖相信，在未来，北斗会像空气和水，成为我们生活中必不可少的部分，为人类实现宇宙级的想象力。

（摘自《读者》2022年第23期）

张进：航向理想国的英雄之旅

张继伟

有些人是带着使命来到人间的，我相信张进就是这样。

张进 1966 年生于江苏，父亲是南京金陵大学高材生，但 1957 年即被打成右派下放到苏北农村教书，从此一生襟抱未曾打开。上一代不公的命运不可避免地影响了张进的人生规划，从南大中文系本科到人大新闻研究生，在专业选择上老父亲并不认可且颇有执念。父亲一直希望他读理工科甚至语言学。直到 1990 年代张进在《工人日报》工作不久后即获评副高职称，父亲才吃惊地发现，张进成长的速度已超出他的理解。

我曾不止一次听张进讲过这个故事。他们父子情深，足为楷模，但也有些旧式教育"君子远其子"的距离感。不过从旁观者的角度，张进深受父辈和旧学传统影响，对自我实现的追求，对政治生活的警觉，对社会责任和公共议题的关怀纠缠在一起，这种隐含的张力是相伴一生的。

在他30多年的职业生涯里，无论就职于媒体还是创办公益组织，张进多次跌倒、多次爬起，但一直为他深爱的事业和弱势群体不断奔跑，直到成为一个传奇。

2022年12月5日晚，知名抑郁症互助平台"渡过"官方公众号发布讣告，"渡过"创始人张进辞世，享年56岁。

1966年5月，张进生于江苏南京，长于灌南。1982年16岁从淮阴考上南京大学中文系。毕业后至中国人民大学新闻系攻读硕士。

1988年，张进加入《工人日报》，先后担任国际部编辑、副主任，再任记者部主任并升任编委。曾走遍《工人日报》30个全国记者站，主持采写大量重要报道。2000年，张进加入《财经》杂志，后担任副主编。2009年又参与创办财新传媒，任常务副主编，后改任副总编辑（兼中国改革杂志执行总编辑）。

2012年张进罹患抑郁症，半年后病愈返岗。他直面切身病痛，边治病、边学习，成为朋友们眼中"最懂抑郁症的新闻人和文章写得最好的抑郁症专家"。2015年，开设微信公众号"渡过"。公号文章结集后出版为《渡过》系列丛书四辑。

2017年3月，他选择离开在财新的全职工作，毕其力于抑郁症救助事业，4月，启动了抑郁症患者寻访计划。2018年3月5日，他在"渡过"公号提出"陪伴者计划"，后在杭州富阳建立"渡过"基地，为心理困境青少年回归社会提供更长程的全方位专业支持。

2022年4月，张进被确诊肺癌。5月23日，接受了手术。

我有明珠一颗，久被尘劳关锁

在同事的眼中，张进从来不是一个锋芒毕露的人，但才华是无法遮掩的。

1988年从人大毕业后，张进进入了《工人日报》，30岁就执掌了《工人日报》遍布全国的记者站，后迅速升至编委，这在当时的新闻界是不多见的。张进对于仕途没有兴趣，多年以后，他对我们回忆最多的是在京郊煤矿的实习经历，以及当时壮游全国的新奇感。

1990年，他和几个同事被下放到门头沟一个叫王家坪的煤矿，待了一年之久。作为当时还很稀缺的研究生，他和工人一起下矿，到不能直立行走的"掌子面"工作。他后来在回忆文章中写道："我的工种是岩石段的做柱工。所谓做柱，是指把巷道掘开后，用木柱把巷壁撑住，以防倒塌。要做柱，先得运木头。矿工们运木头的方法是我不曾想到的。如果是短粗木头，他就把胯尽力向右扭，右手挟着木头，木头的另一端斜搁在胯骨上，左手撑着地面向前爬；如果是细长一些的木头，他就把粗的一端搁在肩膀上，细的一端搁在前面，两手撑地，全身匍匐；肩膀一耸，腿一蹬，一步步把木头顶上去。"

这种原始的工作方式，令张进深感震撼：这是北京吗？这是矿工吗？

更为印象深刻的是矿难。"第二天一早，人终于被挖了出来。突然，矿门大开，四个膀大腰圆的救护队员，脸色铁青，抬着一个担架出来。一块白布把担架遮得严严实实。一瞬间，守在井口的人，男男女女，老老少少，一片哀嚎，哭声震天。身处其间，我不能不动容，陪着流下泪水。我由此明白了什么叫兔死狐悲、物伤其类。"

张进有一种天赋，就是总能用精确的、不动声色的方式讲故事。不知道是不是和他学过素描有关,有时他聊天也会不知不觉进入一个勾勒细节、烘托氛围的状态,寥寥数语,就如银钩铁划般刻出一个元宇宙。

这段矿工经历对别人可能是不堪回首的,但对张进而言无疑转化为了一笔人生财富。他在那里触摸到了生命的质感,并把这些苦难的家庭当作了自身的一部分。这种"民胞物与"的情怀是如何形成的不得而知,但"访贫问苦"成为他最为关心的报道话题,应该是在那时候奠定的。在后来的《财经》、财新传媒工作期间,他最早关注过"盲井"式的案件,组织过多次矿难、地震、洪水等自然灾害的报道,更编辑指导过像"邵氏弃儿"、非法器官移植这样的经典报道。是什么让他如此执着地关注这些话题呢?他平时爱称引鲁迅的话"无穷的远方,无数的人们,都与我有关",王家坪矿井应该一直留在他的心底吧。

在《工人日报》执掌记者部,一个"福利"是能到全国巡游。张进不喜欢东南沿海的繁华,而是向往深山大川的空旷。他喜欢马原笔下的西藏,并多次前往。1995年的玉树雪灾,给了他深刻记忆:"我下车,仿佛站到了月球上,荒凉、苍茫。此地海拔5000多米,缺氧,每走一步都很费劲。缓行到一座小山坡上,我看到一轮昏黄的月亮,像一个圆脸盆,懒洋洋地悬在前面的矮坡顶上,好像一伸手就能捞到。我用很大的意志才克制住飞奔而去的欲望。夜空透明,星光璀璨,这里是真正的万籁俱寂。"

张进喜欢这种空灵、自然的境界,似乎对于尘世的起起伏伏永远有一种抽离感。对于周遭的人与物,他既用情投入,又时刻把自己置于一个观察者的角色。今年春天他患肺癌之后,就提到了这种视角——把自己的想法(认知)、感受(情绪)和真实的自我分开来,好比抽身而出,居高临下,观察和体验另一个自己。"回顾一生时,我就用了这个'抽离法',就像在剧场旁观银幕上的自己,看到了周边的各种环境、关系,过去和现在,以及如何一步步走到今天……然后,再回归当下,身心合一。"这是从"自我沉浸"视角转化为"第三方视角"——"第三只眼睛看自身"。

看透是睿智,不说破是慈悲

2000年张进加盟财经,在朝阳门外的泛利大厦10层,我也得以有机会和张进并肩战斗多年,从他那里耳濡目染各种业务和非业务的智慧。

初见张进,很难不产生亲近感。他身材不高,语出必中,总是认真倾听认真作答的样子,所谓"望之俨然,即之也温",大概就是如此吧。

熟悉了之后,经常海阔天空地闲聊。我们还有2003年加盟《财经》的张翔,都喜欢《儒林外史》,酒酣耳热之际,经常相互征引其中的段落对时事人物戏谑点评。与我读书不求甚解不同,张进对于钟爱的作品总能准确地复述出来。他最喜欢书中王冕妈妈的遗言——"我看见那些做官的,都不得有甚好收场。况你的性情高傲,倘若弄出祸来,反为不美。我儿可听我的遗言,将来娶妻生子,守着我的坟墓,不要出去做官。我死了,口眼也闭。"还有就是最末一回的市井四奇人,尤其欣赏那种矫然不群、横而不流的民间雅士。

在很多人的印象中,张进总是不太修边幅的样子,常年穿一件夹克,步履匆匆,头发略显零乱。他对物质没有什么追求,除了爱吃樱桃和生鱼片,很少见他有什么大的开销。对于妆容精致、满身名牌的人物,他则总是有一种近乎天真烂漫的旁观者心态,类似《围城》里对曹元朗的促狭。

张进对于世情百态非常通透,对于人性没有很高的期望值。同事王和岩说"看透是他的睿智,不说破是他的慈悲"。他喜欢引用《水浒传》里李逵听到自己喝的是毒酒,马上就觉得"身子沉重",说这是人的自然反应,事到临头谁都逞不来英雄。对于七情六欲,亦是如此,求不得是为苦,得到之后更会失望。他喜欢余华的《活着》和莱蒙托夫的《当代英雄》,对生活的荒谬本质一针见血。他视《道德经》为超越人间的智慧,"致虚极,守静笃。万物并作,吾以观其复",一切都应顺其自然。因此2012年最初获悉他得了抑郁症,我由于缺乏对这一病症的基本知识,一度觉得难以置信。

  2000年时是张进事业的一个低谷期。刚从体制内出来,面向不同的读者,又是自己从未涉足的财经领域,应该处处都是挑战吧。不过张进很快就找到了擅长的角度。在舒立(编者注:胡舒立,原《财经》主编,财新传媒社长)的安排下,他聚焦于民生、三农领域,对公共政策做深入研究,还主持过"边缘"栏目,一如既往地关注弱势群体和社会法治话题,很快他管理的部门和领域就不断扩充,特别是在2003年SARS报道之后,《财经》在社会领域产生了广泛的影响,张进也找到了再次起飞的方向。

  公共政策和社会法治的报道,总是会人言言殊、众口难调,尤其是当专业判断和普通人的直觉相悖之时,比如天价医药费、新劳动法等,即使是编辑部内部,也不容易统一意见。张进帐下的调查记者众多,每个人都能言善辩、韧性十足,不把问题搞复杂绝不罢休。每次开会都能听到他们唇枪舌剑、热火朝天地讨论。这时候性格谦退的张进就会展现出柔中带刚的一面。他尊重独立思考,从来不把自己的意见凌驾于同事之上,但亦不会轻易退让。每当此时,我们都会感叹,只有张进能够如此耐心、如此思路清晰地予以调和、镇压桀骜不驯的八方诸侯。

张进最让人服气的是他手起刀落的编辑速度。只要由他来主持封面，总编室就会庆幸能睡个好觉。他天生有一种从杂乱无章的初稿里排沙拣金、化繁为简的能力。对此，他总结过一种"框架式写作法"的技巧，传授给一代代的年轻记者。与之相应，在指挥大规模的突发报道方面，他的部署、调度和应变能力也让人赞叹。同事们经常回忆起他和王烁在挂着西南地区地图的办公室里部署地震、洪灾报道的场面，颇有指点江山、大军团作战的风采。

对于记者，张进付出的是保姆式的关怀，尤其遇到各种变故，张进都会设身处地地为记者谋划。《财经》、财新20年，进进出出的记者不胜枚举，当时的年轻人变成各奔前程、事务繁杂的中年人，但大家对于张进的感情始终是亲人般的深厚。

如今尘破光生，照遍山河万朵

回顾来看，2000年到2009年《财经》时期应该是张进新闻才华充分释放的时期，这似乎和中国当时的经济腾飞、蓬勃向上、自由奔放的时代特征相契合，即使去掉回忆滤镜，也是以美好温馨的画面居多。

2005年，张进曾经难得地出国访学了一次，当时留下的趣谈尤为丰富。多年不用的英语早已生疏，把小费说成"little fee"的梗被传颂了多年。还有一天，他遇到晨练的美国老太太，由衷地伸出大拇指"good body！"忍俊不禁的老太太告诉他这样的flirting是不礼貌的。

后来我在财新网上读到张进对这次访学经历的一篇追忆。这是他某晚在德州一个边境小镇的酒吧听到的歌曲，讲述一个牛仔为追逐爱人被杀的故事，他听了很多遍，又专门上网把歌词记录了下来。张进在回忆里写道：

"德州小镇，我呷着酒，似听非听，似想非想。我想象着这个牛仔的命运：为不能自拔的爱情所驱使，经历了千辛万苦，宁可付出生命，最后果然以失去生命而告终……这不也是当今很多都市人的命运么，尽管他们的命还在……一路困惑，无所依、无所信，潦倒困顿，且败且行；逐渐地，心肠逐渐变硬，感情也逐渐枯竭了……

最后费莉娜终于把我给找到

亲吻着我的脸颊跪倒在我身旁

我将死在费莉娜温暖的怀抱中

送上轻轻一吻费莉娜别了

回荡在酒吧里这首歌，节奏总那么一成不变，似感叹如低吟。在吉他的伴奏下，歌者的嗓音显得非常感人。这是一种奇异的忧伤，歌者唱出了心绪，听者一次次被浸染，字字句句像鲜花那样晶莹和丰润，刻进我的记忆里……"

即使是在最为惬意的时光里，无论身处何地，张进最激赏的还是那种带有淡淡忧伤的韵律。

作为社会观察者，张进无疑是游刃有余的。也许是命运不愿他在原地停留太久，要赋予他新的使命。此后几年变故迭生，让他从一个冷静的记录者变成了不知疲倦的行动者。

2009年底，原《财经》团队集体出走，从零起步创办了财新传媒。此后几年，张进作为常务副主编、综合报道板块的负责人，管理责任也随之加重。"只言旋老转无事，欲到中年事更多"，其间父亲生病去世对他的影响更为深重。

2012年初张进逐渐觉察到了抑郁倾向，到"两会"期间日渐加重，以至于无法工作。大概是初夏有一次我去看他，敲门许久也没有人应。我以为他不在，在门口放了一本书就走了。后来他告诉我，当时他就在门内，但没有行动能力。在最困难的时候，他说世界在眼中是没有颜色的。

这种痛苦外人实在无法感同身受。然而毕竟是张进，在药物帮助下，他在经历了半年的折磨后，有一天忽然有了想看手机的想法，事后他解释这是开始"转相"了。趁热打铁，他开始自学抑郁症的国内外医疗知识，凭借一个优秀新闻工作者的学习能力，逐渐摸索出一套自己的方法论。

这真是一场英雄之旅。痊愈后的张进，很快把他的经历写成了"地狱归来"一文，浴血重生的经历、惊心动魄的文字，迅速引发了病友、家属和医学界的广泛关注。

对于他展示伤口的举动，我最初是很担心的，生怕外界的反应会带来刺激。不过此时的张进，已经开始有了新的思考。一来是要破除"病耻感"（这对大多数病人都是心知而口不能言的），二来是他对抑郁症有了切肤之痛，正如他早年下到王家坪矿井一样，已与病友的命运融为一体了。"迷时师渡，了时自渡"，六祖《坛经》里的这句话，触动了他出版"渡过"系列著作的想法。

病愈后的张进，有一些肉眼可见的变化。他对于外在的名利依旧淡然，但是果断地从坐而论道变成了行动主义者。从最初的为朋友咨询，到和专家交流、开讲座，再到出版书籍、办公号、创建"渡过"这个中国最具影响力的抑郁症康复机构，最终张进选择离开新闻业，全身心地投入到对抑郁症患者救助的事业当中。

迷时师渡，了时自渡

2014年他还爱上了摄影，无师自通地把写作和摄影当作治疗的一部分，因为表达、倾诉和观察，都会激发对生活的热爱——"当翻阅照片，我看到生命之河从我的眼前流过。于是，我与世界、与内心实现沟通，收获了理解与感动。"

有一年冬天，我和他开完会回办公室，当时天降小雪，他坚持步行，手持相机，随时拍下触发他的瞬间，身形矫健、活力四射，让小他11岁的我自叹弗如。

对于抑郁症的机理和疗愈我始终所知不多，因为实在是缺乏凝视深渊的勇气。不过张进的敏锐和悟性显然赢得了专家和病友的认可和信任。他考取了国家三级咨询师，2017年还入围了中国心理学最具影响力的五十人。

2017年4月，他启动了抑郁症患者寻访计划——去全国各地，寻找有代表性的患者，进入他们的生活环境中，描述他们的人生境遇，以及他们的社会关系对其疾病和命运的影响，从而为当代中国的精神健康现象，提供一个真实、完整的解释。

这是张进告别新闻生涯后又一次全国性游历，正如他在20多年前对自然风物的热爱，这次他走进了更多人的内心。一年后，《渡过3》出版，"渡过"也从传播知识阶段，进入到实际解决问题的阶段。2018年3月5日，他在"渡过"公号提出"陪伴者计划"的概念，此后还在杭州富阳建立了"渡过"基地，为心理困境青少年回归社会提供更长程的全方位专业支持。

张进的思路并非全然创新，一位北京三甲医院的专家探访了浙江基地后，感慨说"渡过"做的正是他们想做的，但是由于无人担责而无法落地。对此张进也很了然，"相较前两个阶段，寻找抑郁解决方案阶段有质的不同，从此'渡过'走进了一个凶险莫测的领域，这对我们又有巨大的诱惑——价值实现"。是啊，实现社会价值，一直才是张进心之所念。他把浙江基地视为病人疗愈的"中途岛"。不过在我看来，这也是他的"理想国"，是他一砖一瓦搭建的"新和谐公社"。

从自渡到渡人，张进的这次绽放更加耀眼，也越加忙碌。然而糟糕的消息在2022年4月传来，张进被确诊肺癌，而此前他因为忙于浙江基地的项目，已经耽误了有一个多月。此后北京疫情加剧，肿瘤医院地处高风险，手术也一直推到"五一"后才得以实施。

5月23日手术结束后的下午，我居然就收到他发来附有照片的微信报平安。我连忙告诉他好好休息，但他还是略带兴奋地表示，以后"渡过"要关注癌症病人的抑郁问题。

今年手术前后，我陆续见过张进四次，算起来是他离开财新后见面最为频繁的一年。每次见面，我都惊讶于他的忙碌，他在着手写《渡过》第五部，在管理200个近十万人的微信群，在紧锣密鼓地安排顺利交班，以便从事务性的工作中解脱出来。谈笑之余，他也会担心肺癌后的进展，以及靶向药带来的咳嗽和手指损伤。

8月2日张翔来京，一起吃完饭后我送张进回家。快到终点时，他忽然陷入沉默，似乎被车窗外的暗夜深深吸引。那一刻我莫名产生了不祥的预感，这些年来他一直在不停地燃烧自己，绽放出了难以想象的能量，为什么命运对他如此不公呢？太史公在《伯夷列传》中质问："天之报施善人，其何如哉！"我也有同样的疑问，也许是这使命太过沉重，也许这个世界本来就配不上张进的善良和纯粹……

张进去世后，时隔两日，我才慢慢接受他的离去，并发了一个朋友圈，是为纪念——张进是最为本色认真的人，不喜伪饰矫情之流。他喜欢《儒林外史》里的市井奇人，喜欢《道德经》，喜欢莱蒙托夫，喜欢鲁迅的《孤独者》和《在酒楼上》，喜欢西藏的壮美和神秘。他对人间的苦难有发自内心的同情，对人性的缺点也有着清醒的自觉。他从不扮演崇高，却做了最崇高的事业，他从来谦抑自晦，却闪耀着最温暖的光芒。张进，我们的好兄长走了，应当有更多的人认识他记住他。

（摘自《中国青年报》）

我是怎么拍《觉醒年代》的

张永新

骆驼与车辙

2018年7月1日，我们带着党旗来到北京大学红楼。这一天，《觉醒年代》正式建组。在那里，我第一次看到李大钊先生的手迹，"铁肩担道义，妙手著文章"。

红楼是全国重点文物保护单位，剧组不能在里面实拍。我犹豫了好久，最后一咬牙，决定自己搭。我们租了一个大摄影棚，1万多平方米，基本还原了红楼的环境，包括楼梯的扶手、房间的开关、电灯的灯罩，甚至电线的走向都是实景复刻，虽然它们只是"背景板"，但只要在画面里，就要做到真实。

美术、道具部门下了大功夫。服装设计上，大钊先生的衣服，无论棉袍还是长衫，都是质地最粗糙、针脚最疏大的。胡适的衣服则以西装为主，非常得体精致。两个人着装上的区别，体现了二人性格的区别，乃至立场的区别。

声音设计上，上海有"小热昏"，北京有"数来宝"，我们让一南一北两个民间艺人在街头讲时政新闻。陈独秀、李大钊走在街头，剃头的拿着响器"唤头"，发出"镗"的鸣响；辜鸿铭坐的洋车车铃声，我们也反复采录，放入戏里。这是市井百姓的声场。

鲁迅先生登场，背景是小说《药》的场景原型。青年被斩首，众人争抢人血馒头。自始至终，先生没有回头，他在看什么？龙门石窟的拓片。那时先生精神苦闷，只得沉迷于金石，手里拿的是"龙门二十品"中的《郑长猷造像记》。拍的时候我没注意，剪片子时看到了，赶紧让人核实。他们告诉我，导演你放心，这是精心准备的。

心血就在这些点滴中，观众可能不会注意，但恰恰是这些地方，真正见功夫、见责任、见热情。

我们用了几百车的沙土，每车8吨，铺在横店的水泥路上。沙子是从张家口运来的，筛了好几遍，才还原出100多年前北京城风沙漫天的感觉。有不少街头演讲的戏，演员和我说，拍完第二天刷牙，还能刷出沙子来。陈独秀住的箭杆胡同，家门口20多米长的路，用了38车的土，马车来回轧了3天，才勉强轧出车辙。

为什么要拍车辙？秦始皇统一中国，书同文、车同轨，2000多年几乎没有改变。20世纪初，西方已经进入船坚炮利的时代，我们依然在古旧的车辙里踟蹰不前。《觉醒年代》讲述的6年，欧洲经历了"一战"，民不聊生；中国是军阀混战，列强环伺，你方唱罢我登场。

开篇第一个实景镜头拍的是骆驼。我们把机器埋在坑里，上面加一层强化玻璃，牵着骆驼来回遛。到第 42 遍，骆驼终于踩到了镜头，说"过"的时候，我的声音都在发颤。

骆驼给人的印象总是忍辱负重，就像当时我们这个国家在世界民族之林的状态。当温顺的骆驼的大蹄子，在逆光的升格镜头下，踩在千年不变的车辙上，所引发的联想，只有中国人能看懂。

肉身投饿虎

我喜欢拍动物，剧组的道具库就像一个动物园，鸡、鸭、鹅、羊、猫、狗、兔子、蚂蚁、螳螂，外面还拴着牛。拍的时候全组出动，引着它们往镜头前去。

蚂蚁出现了好几次。陈延年第一次将蚂蚁放生，弹幕里有人说"生如蝼蚁，心向光明"，有人说"已识乾坤大，犹怜草木青"，每个观众都有自己的联想。

就像陈独秀在监狱中看到的那只螳螂。放风时，先生走到墙角，发现一只小螳螂，将它端在手中。这时的配乐是古琴曲，带着杀伐之声。掌心里的螳螂，螳臂像刀一样，举起又放下。在那一刻，先生心中翻江倒海想的是什么？它带给观众无限的想象。

这是革命的浪漫主义。蔡元培风雪三顾陈独秀，请他担任北大文科学长。第三次，陈独秀"蓬门今始为君开"，音乐一起，俩人四目交接，一个起身行礼，一个哈哈大笑。很多观众说看哭了。两个加起来快 100 岁的男人，长得又不是多好看，为什么看得人心潮澎湃？这里面有我们中国人高贵的精气神。

黄沙、雨雪、大风，是我们常用的视觉手段。第三集毛泽东出场，剧本只有一行字，但我们下了大功夫。100多米长的街道，出现了横行的马队、乞讨的乞丐、鱼缸中的金鱼、污泥中的鸡鸭鹅、插着草标被卖的孩子、坐在车里吃三明治的少年。这时候，瓢泼大雨中，这个一袭青衫的人，怀揣《新青年》，一脚荡开了污水。

这种细节还有很多，鲁迅出场时的人血馒头，李大钊江南之行看到的裹着小脚、跟公鸡成亲的小新娘，法租界里蛮横的外国人，长辛店的工人，海河边饿死的同胞，义愤填膺的义和团老战士，安源煤矿拿着破碗接雨水的小孩……这些视觉元素，一再点出民国的荒唐。如果它不惨痛，何会有仁人志士抛头颅、洒热血，拯救这个国家？

如此，才知道先生们的伟大。陈独秀、李大钊撒传单的时候，戏台上演的是京剧名段《挑滑车》——金兵围困牛头山，岳飞麾下名将高宠连挑11辆滑车，终因马匹力竭，英勇战死。戏台上演的是精忠报国，楼上撒传单的陈、李二人，也是壮怀激烈。他们这样的教授，一个月几百块大洋的工资，本可以过锦帽貂裘的生活，是什么驱使他们"肉身投饿虎"，宁可被抓进监狱、断送生命也要振臂一呼？我以为，就是"爱国"两个字。

"他们爱我""因为你爱他们"

《觉醒年代》拍的是伟人。但伟人也是平常人。有些剧我们不爱看，因为演的不是"活人"，总采用僵化的处理手法。今天的"90后""00后"，对影像的审美水平很高，眼光独到。观众不可欺，年轻观众更不可欺。

革命历史题材剧更要把人塑造得鲜活。剧里，编辑部开会，陈独秀边嗑瓜子，边把瓜子皮推到蔡元培那里，蔡先生推过来，他再弄过去。反复三次，蔡先生说，好，都给我了。看到这里，观众一定会心一笑，因为我们兄弟姐妹间，也常开这种玩笑。它是生活中的情趣，历史立马有了烟火气。

一场崇高的戏过去，我们会马上接一个有烟火气的场次。出狱时，陈独秀放飞了女儿带给他的鸽子英英，白鸽在阳光下像一只小精灵，镜头反打向监狱里的先生，透过铁栏杆看着外面的自由世界。这么美妙绝伦的画面，下一场切过来，是两个孩子坐在院里哭："爸爸是坏蛋，把我们的鸽子放走了。"

大钊先生，我们要拍他作为革命先驱的伟大，也要拍他作为父亲、丈夫的平凡。伟大孕育在平凡之中。李大钊和赵纫兰在雨中的最后一场戏，他向妻子承诺，等到学校可以摆上一张安静课桌的时候，两个人坐在教室里，他会一笔一画地教她认字。这是多么简单的承诺，但大钊先生终生没有实现。

大家喜欢的父子惜别那场戏，我们用了"闪后"的技法。陈延年、陈乔年在1927年、1928年先后牺牲于上海龙华监狱。我们快进时间，看到他们满脸血污、脚戴镣铐，血海中飘落朵朵鲜花，他们回头微笑；另一边，父亲陈独秀眼含热泪看着他们，仿佛看到了儿子们的未来。这场戏播出时，满屏的弹幕淹没了画面。我拍的时候也很动情，第一次做现场阐述时，所有人都眼中含泪，大家能感受到，这是我们想要表达的壮美。

这部戏拍了几个月，令人动容的场景至少七八十个。有一场戏，大钊先生站在火车头上，给长辛店的工人讲五四运动的意义。我跟张桐商量，加一句台词："中国是中国人的中国，我们自己的国家，我们不爱，谁爱？"张桐说的时候，眼中是含泪的。那天用了近400名群众演员，有老有少。在监视器里，我发现所有人的眼睛都是晶莹剔透的；拍完了，我扭头看后面的工作人员，大家都沉默着，眼睛都泛着泪光。

好多年轻朋友喜欢《觉醒年代》，他们把主席叫"教员"，叫蔡公"慢羊羊"，说辜老爷子（辜鸿铭）可爱，这些说法透着年轻人的率性与尊敬——他们心中有大格局，只不过以前很少有投射的地方。我不认为这部戏拍得多好，只是因为它激活了我们对历史的想象。李大钊、陈独秀也好，陈延年、陈乔年也好，赵世炎、邓中夏也好，正如鲁迅先生所言，中国永远不缺为民请命的人、埋头苦干的人、献身求法的人，他们才是中国的脊梁。

今年清明节，上海龙华的延年、乔年烈士墓前，鲜花比平时多了几十倍。有人把炒煳的南瓜子摆在了延年烈士的墓前。那是我们剧中设计的桥段，但观众当了真。

有网友写了一段虚拟的对话。大钊先生和延年烈士，看着今天的年轻人把鲜花摆在墓碑前。大钊先生拿起一束闻了闻，说"花很香"，把它递给了延年。延年说："先生，他们爱我。"大钊先生拍了拍延年，说："因为你爱他们。"

我还看到网友说，今天的合肥，有一条延乔路，旁边还有一条集贤路，而陈独秀安葬的地方就叫"集贤关"。这两条路始终没有交会，但有同一个终点，叫繁华大道。

（摘自《读者》2021年第21期）

人群中的马友友

李斐然

音乐里的人类学家

"……他录制了超过 90 张专辑……"——"里面有一半是我偷学别人的!"

"……17 次获得格莱美奖(注:现已 18 次)……"——"忘了这件事吧!"

"毕业于茱莉亚音乐学院……"——"不,不,不。那是他瞎编的。"

事实上,所有这些介绍都是真的。马友友,广负盛名的天才大提琴家,4 岁开始学习大提琴,6 岁表演个人独奏,7 岁参加全美电视直播的音乐会,由美国指挥家伯恩斯坦介绍登场,台下听众包括时任总统肯尼迪和前任总统艾森豪威尔。16 岁之前,他已经和世界最知名的顶级交响乐团合作过，在历史悠久的音乐厅举办过音乐会，录制发行热门专辑。他的确在音乐界的殿堂茱莉亚音乐学院上过学，在少年部名列前茅，但后台的马友友并没有说谎——距离毕业还有一年的时候，他退学了。

他花了很长时间去确认，自己要不要成为一个音乐家。离开茱莉亚后，他进入哈佛大学，专业是人类学，当时他非常认真地考虑过毕业后不再拉琴，去当一个人类学家。他在大学期间取消了大量演出安排，专注地研究人，跟各种各样的人打交道，观察他们的生活，聆听别人的想法，跟物理学家讨论，陪哲学家聊天，和生物学教授探讨人，也开始阅读中国古典文学名著，读唐诗宋词，琢磨《红楼梦》里形形色色的人。

毕业后，马友友回到了起点，依然是大提琴家，依然和世界最优秀的乐团合作，依然录制古典曲目，但他变得有点儿不一样了。他开始出现在更多古典音乐边界之外的地方。在儿童启蒙节目《芝麻街》里，在市民公园的角落里，在没有音乐厅的中东冲突前线，在嘈杂的人群之中，马友友在拉大提琴。

马友友热爱音乐，但正如他自己所说，"我真正热爱的是人"。他关心他人，不是出于一种礼貌的客套，而是发自内心的好奇。"我的人生没那么有意思，不值得写一篇长报道，我也就值得你写一篇很短很短的小文章。不过，我遇到过很多非常有趣的人，应该说，我的经历比我有趣多了。"马友友笑着告诉记者，"音乐是我的空气，它让我能够呼吸。不过，音乐对我来说，像晚上去看满天的星星，或是看一幅世界地图，它让我感觉到在自己之外，有一个更大、更宽阔的世界。我最大的乐趣就是看到一个人眼睛里那份发现新知的惊喜，新鲜的发现，新鲜的领悟，身边的每一件小事都是崭新的。我们能从彼此身上学到的东西太多了。"

这位音乐家在采访中用多半的时间讲述他在其他人身上发现的了不

起——中国音乐家吴彤在疫情期间写了新曲子；太平洋上的渔夫可以凭借海浪识别方向；他的小孙子如何学会了走路；最后一次在中国演出时，他遇到的西安人设计出很棒的建筑。仅剩的时间里，他也很少讲自己，反过来问我，困在家里的隔离日子，你是怎么度过的？

正是这样的马友友，在2020年，到办公室的第一件事就是找同事商量："有那么多医护人员在防疫前线，我们可以做些什么？"

隔离在家的日子，他开始在线上拉琴给他人听。他在自己的书房里，给超过1800万个陌生人演奏过改编自德沃夏克交响乐的《回家》《飞越彩虹》，还有"二战"期间的经典老歌《我们会再相聚》。

恢复现场演出之后，他和老朋友钢琴家凯瑟琳·斯托特合作，把这些曲目录制成一张专辑，并在高雄举行了演奏会。这张专辑叫《慰藉与希望之歌》，里面既有德沃夏克、门德尔松、拉赫玛尼诺夫，也有世界各地的民歌和小曲子，还有电影配乐和流行歌曲，全部是能够唤起温暖回忆的熟悉旋律。这一切的开端来源于马友友在办公室下的决心，"你看，我这里有一把大提琴，我可以做点事"。

2021年3月的一个周末，马友友到自己家附近的社区学校里接种新冠疫苗。现场空间很大，寥寥十几人隔开很远的距离分散坐着，有负责疫苗接种的工作人员，还有在同时段接种的附近居民。打完疫苗后需要在现场留观半小时，他又拿出大提琴，戴着口罩为他们拉琴，空旷的大厅回荡着巴赫的曲子和舒伯特的《圣母颂》，演奏结束后，现场的人们热烈地鼓掌。当地记者匆匆赶来，但马友友很快走了，他说，这只是给他人的"一点回报"。

他的儿子尼古拉斯说，小时候不明白"大提琴家"的意思，看父亲总是拖着一个大箱子去机场，他一度以为父亲是在机场修飞机的工人。现在的父亲还是一样，整天拖着大提琴箱，飞往世界各地演出，"他是一个想要给世界带来改变的人，只是他的手边正好有一把大提琴"。

找到自己的声音

马友友的父亲马孝骏是中国小提琴第一人马思聪的学生，在法国留学完成音乐博士学位，1954年申请回国，因为迟迟得不到回音，只好拖家带口去巴黎的餐馆打工。马友友出生的时候，全家生活拮据，住在又冷又旧的小房间里，后来不得不举家搬到美国。音乐是他们颠沛生活里少有的乐趣，他们的家里常常播放着巴赫，那是父母在和孩子分享美的礼物。

音乐生涯的起点上，父亲马孝骏也监督儿子练琴，但他要求儿子每天最多只练习巴赫的两个小节，能品尝一点音乐就足够了。20世纪最伟大的大提琴家巴勃罗·卡萨尔斯听到7岁的马友友拉的琴，非常喜欢这个孩子，叮嘱他不能只练琴，"永远要留些时间出去玩棒球"，并告诉马孝骏："不要给他任何限制，让他自然而然地长大。"

父母在并不轻松的生活中保护了一个孩子的天真。马友友没有参加过音乐比赛，也从没有因为练琴挨过打，他不需要用音乐挣一条出路，也没人要求他这么做。最初学琴的日子里，父亲只让他每天练15分钟琴，练琴是为了学会专注，剩下的时间他们要一起做游戏，吃好吃的，讲有意思的故事。姐姐在家里拉小提琴，马友友拉大提琴，两个人有时候争曲子，"这是我的大提琴音乐，你不能拉"，母亲纠正他们，"音乐不是你的，也不是我的，音乐是大家的"。她常常请求身边的人不要称呼他天才，并反复告诉儿子，你和大家一样，不是异类，也不是天才。

在马友友的世界里，音乐只是音乐，和大提琴相处的时间是一天当中最放松之时。6岁的马友友已经能自己摸索出同一首曲子的不同拉法，每一种发现都是能分享给他人的喜悦，他常追着妈妈演奏给她听，"你喜欢吗？"伴随音乐一起长大的是他的好奇心——为什么大提琴那么大，而小提琴那么小？为什么巴赫会写这首曲子？他写这段旋律时，是开心还是难过？为什么这一小节要这么拉？还有没有别的办法？

音乐始终是快乐、自由、无忧无虑的，不是谋生工具，也跟尊严、地位、生存压力无关。这份纯粹为马友友赢得了音乐上的成功，也带来了并未刻意追求过的名与利。16岁的马友友已经世界闻名，各种声音都对他说，你是天才。因为音乐，他飞到世界各地，在每个有演奏会的晚上都能收到鲜花和欢呼。声名让他的生活变得容易，他能得到任何一场NBA比赛的门票，他跟同学打赌，自己能轻易赢得女孩子的吻。

那时候，美国作曲家利昂·基尔赫纳提醒他："你是一个了不起的音乐家，但你还没有找到自己的声音。"这个提醒困住了马友友，自己的声音是什么？音乐意味着什么？

这并不是一个容易回答的问题。伯恩斯坦曾有一个风靡美国的音乐启蒙节目《年轻人的音乐会》。面对着坐满观众席的小孩子，他让整个交响乐团配合他的讲述，反复演示，向孩子们证明，音乐的意义也许是让你又哭又笑、浮想联翩，但音乐本身不构成意义，音乐里会诞生丰富的感受，但重要的并不是音乐。

找不到自己的声音，16岁的马友友开始抽烟，喝酒，逃课，不按时练琴，下雨时故意把琴盖打开，让大提琴淋雨。他用"疯狂"来形容自己叛逆的青春期——做一个音乐家？得了吧。从一个音乐厅飞去另一个音乐厅，把古老的曲目拉了一遍又一遍，所有的音符都在循环，这个职业到底意味着什么？

在人生的关键时刻，他又见到了卡萨尔斯。那是在一场音乐会的现场演出中，"当时他已经是一位90岁的老人，几乎不能再做什么事了，但是一走上舞台，他的音乐依旧震撼、激昂，那种力量是鼓舞人心的。他已经不能再像年轻时候那样演奏大提琴，但他赋予每个音符的使命令人久久难忘"。

卡萨尔斯有一句名言："我首先是一个人，其次是一个音乐家，第三才是一个大提琴家。"他告诉马友友，音乐发生在音符之间，应该去寻找音乐中"无穷的多样性"。马友友去陌生的世界旅行，见更多人，寻找答案。他看到小酒馆里忘情弹钢琴的老人，看到在墓地约会的情侣，"我感觉自己离人类更近了一些"。

最大的启示发生在非洲的旅行途中，所有人围着火把一起唱歌跳舞，为部落里生病的人祈福，他不明就里地跟着唱和跳。过了一会儿他问身边的人，我们在做什么呢？后来他说，正是这个答案击中了他——"我们在创造意义。"

音乐只有活在人群中才有意义，这也成为马友友的音乐母题——当音乐响起，房间里最重要的是什么？

在课堂上、采访里、公开或私下的讲话中，他一遍遍重复着同一个答案：不是有270多年历史的名贵大提琴，不是历代作曲家留下的曲目，更不是演奏这些音乐的自己，而是聆听音乐的人。"一旦失去这一点，音乐的意义就消失了。音乐的成功不在于演奏的音色多么美，乐器多么了不起，而在于它证明了，我们活在同一个世界。我愿意为70个人演奏，40个人也可以，一个人也没问题，因为只要他从音乐中有所收获，我的付出就值得了。说到底，音乐是一对一的人的交流，只要有人需要，我就会想办法给予他，音乐是我能给他人的回报。"

大学毕业前，他在哈佛大学的演奏会因为太多人想去听，有些人没有抢到票。演出正式开始前，马友友穿着即将登台的礼服，扛着琴出来，在走廊坐下来，为那些进不去的人先拉了一首曲子。这种行为打破了演出行业的规则，走廊上人声嘈杂，没有音响，这种演奏也破坏了古典音乐的神秘、庄重和美，可喧嚣中，大提琴的声音听起来特别明亮，那就是马友友的声音。

许多年后，这个声音依然明亮，在战乱中的简易音乐厅，在"9·11事件"的遗址上。父亲临终时，马友友在他的床前为他演奏了巴赫《无伴奏组曲》的第五首"萨拉班德"舞曲，这也是小时候父亲哄他睡觉时给他听的曲子。父与子的音乐始终清澈而纯粹，他们在巴赫的音乐中告别。

活成太阳

作为音乐家的马友友有一种罕见的松弛。音乐在他的生命中不背负任何沉重的现实意义。最喜欢的音乐是什么？他的答案是，我喜欢巴赫，累的时候拉一段巴赫会让我放松，不过要是太累了，我也不愿意拉琴，我会用被子闷起头来，呼呼大睡。"音乐并不比世界更大，不比自然更大，它是一种活法，可它也只是活法的其中一种。那些让你开心起来的其他方法，你也可以试一试。"

他有两个孩子，是兄妹俩，从他们小的时候起，他就陪他们出去玩，带他们吃好吃的，教他们开车，但没有教过他们音乐。"我不知道怎么享受音乐。我喜欢音乐，但音乐不存在一个如何享受的问题。这就像活着也没有一个手册，指导我们如何生活、怎样做才算对。你听到了声音，它们构成了音乐,你听了觉得开心,觉得自己喜欢它,这样就够了。"马友友说,他常常觉得古典音乐有过于复杂的分类,巴洛克、古典主义、浪漫主义、印象主义、现代主义,"它们只有一个名字,音乐"。哈佛大学的校刊里记录了这样的马友友,回学校拜访老师时,老师的妻子当时正在住院,马友友答应去病房为她拉一首曲子,作为康复的祝福。等他真的带着琴进了病房,躺在床上的病人反复说,想吃泡菜。照顾她的人提醒,马友友专程来看望你了,你想要听马友友拉大提琴,还是吃泡菜?听到的答案还是吃泡菜,这位老师无奈地转过头,却发现大提琴家不见了。半小时后,马友友一头汗地跑回病房,怀里抱着五六罐不同口味的泡菜。

马友友会主动适应他人,几乎所有跟他合作过的音乐家都有这个感觉。他和他的音乐像水一样,能容纳下形形色色的不同。已故钢琴家莱昂·弗莱舍讲述自己有次和马友友合作,指挥在彩排中途突然改变了对大提琴的演奏提示,这是一次无准备的大变动。他看到马友友只是笑了一下,一句话也没说,很快适应了新的演奏要求,毫无破绽地完成了整首曲子。

这份随和在顶级音乐家身上偶尔存在,但不常见。一个重要原因是,音乐一旦随和就很难有所坚持。指挥家卡拉扬靠独裁者般的暴戾实现了柏林爱乐乐团历史上风格最鲜明的演奏录音,小泽征尔和村上春树对谈音乐时曾感叹,伯恩斯坦是一个不折不扣的音乐天才,但他太"想当一个好人",总是倾听大大小小的意见,绝对的平等主义损害了他统领乐团时的威严,最后,音乐反而失去了统一性。

然而,马友友始终是马友友。他和世界上所有知名乐团合作过,跟不同风格的音乐家合奏,跟历史上最强悍和最随和的指挥一起工作,他融入了截然不同的背景，却保留了自己的声音。音乐响起时，这个声音把内部迥异的群体牵绊在一起，实现共鸣。

或许这才是这位大提琴家真正的天才之处。马友友活成了音乐的磁铁，古典音乐不再是一个只存在于唱片和音乐厅里的高雅符号，它把原本并不相通的群体吸引到一起，活到了人群之中。越来越多人喜欢上了弓与弦的交响，电视剧、动画片、好莱坞大片、儿童节目、天文学报告会、婚礼、生日宴会上都响起过马友友的琴声。他不止一次带着琴上电视，一边拉琴弓演示，一边解释音乐里的哲学。

马友友形容自己的工作是"分享生活"，举办一场音乐会的本质是把作曲家、演奏家、听众相聚在同一时空，"演奏音乐的唯一目的，是共同见证真理的诞生"。

他鼓励自己遇到的每一个人，接触过马友友的人称呼他是"喜悦的放射源"。美国记者克里斯塔·蒂贝特采访马友友时曾问，即便他不"放射喜悦"，一样能演奏出震撼人心的杰作，音乐的好坏和品格无关，为什么要始终活成太阳？马友友是这样回答她的："娜迪亚·布朗热（19世纪法国音乐家）说过，音乐家是牧师，音乐是让人进入教堂，你要带着大家把存在升华出更高的意义，至少音乐应该多多少少让每个人变得更好。当然，我们活到了21世纪，我不太确定这样的想法还能不能成立，但是我愿意试试，试着让它成立。"

事实上，音乐回馈了他一份礼物。已经66岁的马友友在现场演奏时展现出的沉浸模样，和当年那个初次登台拉大提琴的小男孩一模一样，他把这个美梦送给了其他人。在他的生命里，音乐是从未改变过的自由、快乐、无忧无虑。

在关于马友友的纪录片里，他的开场白是，"让我来先讲一个笑话"——从前有一个小男孩,他对爸爸说:"等我长大了,我要做一个音乐家。"爸爸听完想了想,说:"可是孩子,这两个愿望可没法同时实现。"

讲完,马友友自己第一个笑了起来。第一次拉大提琴的时候,他只有4岁,60多年过去了,人群中依然有马友友和他的大提琴。

(摘自《读者》2021年第10期)

承载与担当

木 蹊

港珠澳大桥正式通车运营了，这座大桥跨越伶仃洋，东接香港，西接珠海和澳门，总长约 55 公里，集桥、岛、隧于一体，被国外媒体誉为"新世界七大奇迹"之一。

天降大任，负重前行

2018 年 10 月 23 日的伶仃洋上，从太平洋灌入人工岛的海风，也吹不散建设者的自豪、喜悦。至此，港珠东西，长虹卧波，天堑南北，通途无阻。这个超级工程堪称世界桥梁建设史上的巅峰之作。在此之前，谁能想到，人类建设史上迄今为止里程最长、投资最多、施工难度最大、设计使用寿命最长的跨海公路桥梁，会诞生在中国？

时间拨回到2005年。那一年，建设港珠澳大桥的计划刚刚被提出，现实情况是，在沉管隧道领域，中国的技术还无法达到国际水平。在此情况下，国外媒体都特别关注港珠澳大桥，其实就是因为一个字：难。工程体量之巨大，建设条件之复杂，是以往世界同类工程都没有遇到的。

可这个重担，偏偏就落在工程师林鸣身上。

要建造港珠澳大桥，必须突破三个难点：一、港珠澳大桥需要建造一个外海沉管隧道，但在建港珠澳大桥之前，全中国的沉管隧道工程加起来不到4公里。二、这是我国第一次在外海环境下建沉管隧道，可以说是从零开始，从零跨越。三、技术力量不够，钱也不够。

作为建造了中国第一大跨径悬索桥润扬大桥的负责人，林鸣一宿未眠，坐待天明。

每一步，都是第一步

为了准备这个工程，2007年，林鸣带着工程师们去全球各地考察桥隧工程。当时世界上超过3公里的隧道，有欧洲的厄勒海峡隧道，还有韩国釜山巨加跨海大桥的海底隧道部分。

巨加跨海大桥由韩国一家非常厉害的公司主持，但在安装的部分却全靠欧洲人提供支持。每一节沉管安装的时候，会有56位荷兰专家从阿姆斯特丹飞到釜山给他们安装。

林鸣带着团队来到釜山时，向接待方诚恳地提出，能不能到附近去看一看他们的装备，却被对方拒绝了。

从釜山回来后，林鸣下定决心，港珠澳大桥一定要找到世界上最好的、有外海沉管安装经验的公司来合作。

于是，他们找了当时世界上最好的一家荷兰公司谈合作。对方开出了天价：1.5亿欧元！当时约合人民币15亿元。

谈判过程异常艰难，最后一次谈判时，林鸣妥协说："3亿人民币，一个框架，能不能提供给我们最重要的、风险最大的这部分支持？"

但是，荷兰人戏谑地笑了笑，说："我给你们唱首歌，唱首祈祷歌！"

跟荷兰方面谈崩之后，林鸣和他的团队就只剩下最后一条路可以走：自主攻关！

难以承受国外高额的技术咨询费用，而世界上其他国家的沉管隧道技术，也无法在港珠澳大桥上照搬套用。林鸣没有绕开这些问题，他坚信：只有走自我研发之路，才能掌握核心技术，攻克这一世界级难题。

可在几乎空白的基础上进行自主研发，林鸣和他的团队面对的是常人难以想象的困难：他们需要将33节，每节重8万吨、长180米、宽38米、高11.4米的钢筋混凝土管，在伶仃洋水下50米深处，加上东西岛头预设段，安装成长达6.7公里的海底通道。

没有经验，不被看好，外国人都在关注，中国工程师到底行不行？

当然行！2013年5月1日，历经96个小时的连续鏖战，海底隧道的第一节沉管被成功安装。这是不平凡的96个小时，仿佛一个从来没有人教过，也从来没有驾驶经验的新手司机，要把一辆大货车开上北京的三环。

林鸣和他的团队在海上连续奋战，5天4夜没合眼。终于，海底隧道的第一节沉管被成功安装！

然而，第一节的成功并不意味着后面32节的安装都可以简单复制——严苛的外海环境和地质条件，使得施工风险不可预知。

每一次安装前，林鸣离开房间的时候，都会回头再看看那个房间。因为每一次出发，都可能是自己的最后一次出发。

死神对林鸣的第 15 个"孩子"——E15——发出了通告。在安装第 15 节沉管时，他们碰到了最恶劣的海况——海浪有一米多高，工人都被海浪推倒在沉管顶上。

尽管如此，工人还是护送沉管毫发无损地回到坞内。当时起重班长说："回家了，回家了，终于回家了。"命是捡回来了，可 E15 的安装计划却就此搁浅。

第二次安装是在 2015 年的大年初六，为了准备这次安装，几百个人的团队春节期间一天也没休息。但是当大家再一次出发，现场出现回淤，船队只能再一次回撤。

林鸣当时压力很大，只装了 15 个沉管，还有 18 个沉管要装，这样下去，这个工程还能完工吗？拖回沉管之后，许多人都哭了。

10 年来，几乎每到关键和危险的时刻，林鸣都会像"钉子"一样，几个小时、十几个小时、几十个小时地"钉"在工地。只有体型的变化暴露了一切：他瘦了整整 40 斤。

2017 年 5 月 2 日早晨日出时分，最后一节沉管的安装终于完成了，船上一片欢呼。世界最大的沉管隧道——港珠澳大桥沉管隧道——顺利合龙。

中国乃至世界各大媒体，都在为这项超级工程的完美竣工欢呼。此时的林鸣，却在焦急地等待最后的偏差测量结果。

偏差 16 厘米，就水密性而言已算是成功。而中国的设计师、工程师，包括瑞士、荷兰的顾问⋯⋯大多数人都认为滴水不漏，没问题。

但林鸣说："不行，重来！"

茫茫大海，暗流汹涌，把一个已经固定在深海基槽内、重达 6000 多吨的大家伙重新吊起，重新对接，一旦出现差错，后果将不堪设想。

"算了吧。""还是算了吧！"几乎所有人都想说服林鸣罢手。

这时，林鸣内心出现一个声音：如果不调整，会是自己职业生涯和人生里一个永远的偏差。

他把已经买了机票准备回家的外方工程师又"抓"了回来。经过42个小时的重新精调，偏差从16厘米降到了不到2.5毫米！缩小到百分之一点几！那一夜，他终于睡了10年来的第一个安稳觉。

大国工匠

清晨5时许，林鸣又开始了自己风雨无阻的长跑。

从港珠澳大桥岛隧工程项目营地出发，途经淇澳大桥，最后到达伶仃洋上的淇澳岛，来回10多公里。

在近40年的职业生涯里，林鸣走遍大江南北，建起了众多桥梁。但对他来说，珠海有着特殊的意义。

读大学前，林鸣当过3年农民、4年工人，曾经到工厂做学徒，拿着锉刀或者锯条，练习锉、锯、凿、刨等基本功，学当铆工和起重工。后来，才到西安交通大学接受了为期半年的技术培训。

在同行看来，他的动手能力无人能出其右。在工地上，他可以拿着榔头、扳手等工具给数以千计的工人一个个讲原理、讲方法。

桥的价值在于承载，而人的价值在于担当。

10多年的时间，林鸣走完了港珠澳大桥这一世界最长、难度最大的"钢丝"。向他迎面而来的是"最美工程""最美隧道"的标语。在他看来，高品质的工程不是做给别人看的，越是普通人看不到的地方，越要做好。

  这个"最美",不仅仅是自娱自乐、自我陶醉,还要有益于他人,并得到社会认可。2010年,大桥下的白海豚大概有1200头。2018年是多少呢? 2600头,翻了一倍多。

  蓝天为卷,碧海为诗;深海白豚,踏浪伶仃。2018年10月23日的港珠澳大桥上,林鸣又完成了一次长跑。

(摘自《读者》2018年第24期)

一心只做追月人

余驰疆　陈佳莉

"我总想看看月球究竟是什么样子，也很想知道桂花树究竟是怎样的形态。我很敬佩吴刚无止境砍树的精神，很想探寻这些秘密。"

经过26天的"长途跋涉"与"养精蓄锐"，2019年1月3日上午10点26分，"嫦娥四号"成功着陆月球，并通过"鹊桥"中继星传回世界第一张近距离拍摄的月背影像图，揭开了月背的神秘面纱，这也是人类历史上第一个在月球背面成功实施软着陆的人类探测器。

这趟"月背之旅"为什么能让全世界为之沸腾？"嫦娥之父"欧阳自远曾用通俗的语言解释其中的意义：月球背面的南部，有一个巨大的坑，这是42亿年前砸出来的。我们的"嫦娥四号"，就是要落在月球背面的那个大坑里。

"走，到月球背面去！"这声召唤，终于让84岁的欧阳自远听到了回响。

一

每次听到媒体称他"嫦娥之父",欧阳自远都会坚决反对:"中国探月工程的阶段性成功不是某一个人努力的结果,而是成千上万人工作的成果,叫我'嫦娥之父',反而使我处于一个难堪的位置,所以我绝对不赞同这样的称呼。"

欧阳自远是我国天体化学学科的开创者、月球探测工程的首席科学家。相比外界给予的光环,他更愿意称自己是个"修地球的"。

他早年从事地质工作,后来进行核爆研究,现在一直主持月球探测工程,曾成功推动中国第一颗探月卫星"嫦娥一号"的发射升空。此后,"嫦娥计划"从一号到五号探测卫星,全都离不开他的参与和推动。2014年11月4日,国际小行星命名委员会将一颗编号为8919号的小行星命名为"欧阳自远星"。

中国的探月准备工作做了35年,其中仅是论证,就从1992年一直做到2002年。这10年,对欧阳自远来说,难点不是写报告,而是如何赢得国人的理解和支持。他最初面临的质疑很多,近20年来,没有其他国家提过探测月球,为什么中国要去探月?欧阳自远得慢慢说服所有人,让大家了解探测月球的价值和意义,然后再将计划一步步地提交给各级的评审。

之后问题又来了。"当时很多科学家在讨论的时候都会问我为什么不把这个项目给他们。因为中国月球探测已经有点苗头了,谁都希望把自己的项目插进去。每一位科学家都想自己做一些事情,这很正常。"

尤其令欧阳自远感到压力的是,中国人不能容忍科学探索上的失败。人们只愿看到"嫦娥"系列卫星一个接一个地发射成功,无法想象一旦失败会怎样。"开汽车都会遇到发动不起来的状况,如此复杂的探月工程怎么可能没有问题？所以我们的压力很大，要发射出去就必须成功！"欧阳自远说，"发射'嫦娥一号'时，我的血压、血糖、血脂都很高，几个月睡不着觉，发射的时候手心也一直在冒汗……但是我们要经受得住这种锻炼和煎熬，什么都一帆风顺，是不可能的。"

不过，欧阳自远还是不喜欢谈困难。他觉得探月工程是中国"两弹一星"、载人航天精神的继承，自己现在所遇到的困难，是每一个参与重大项目的科学家都会遇到的，也是从前那些奋战在戈壁深处的老前辈经历过的。

"有多少当年参与'两弹一星'的科学家，默默无闻地奋斗了一辈子，最后怀揣着科学理想走到生命尽头，直到埋骨戈壁滩，都没能实现梦想。而我已经能看到梦想在宇宙深处展现的淡淡轮廓。"

二

从 40 年前第一次触摸到月岩起，欧阳自远就将自己的命运与月亮绑定在一起了。从研究地质到陨石，从申请探月到实现"嫦娥计划"，欧阳自远一心只做追月人。

1992 年，中国载人航天工程立项，"神舟号"正式登上历史舞台。这让时任中国科学院资源环境科学局局长、中国科学院地球化学所所长的欧阳自远看到了探月的希望。

1993 年，他彻夜伏案写下两万字的"探月必要性与可行性报告"，从军事、能源、经济等多方面阐述了登月的重要性，提交给国家高技术研究发展计划专家组。

接下来的 10 年，欧阳自远不断同上层力争，跟专家、同事改进工程方案。他的妻子邓筱兰如此形容:"他几乎把所有时间都用在工作上,回到家就是进书房看书、查资料,家里的事儿什么都不管,饭做好了叫他吃,好的赖的都能吃,恨不得天天穿一件衣服。小孩的生日永远记不住,只大概知道是几岁。"

2003年年底,经过10年的努力,一份关于"嫦娥一号"的综合立项报告被送进中南海。两个月后,时任国务院总理温家宝在这份报告上签了字,批准了中国月球探测第一期工程。欧阳自远被任命为首席科学家,这距离他开始研究月球已经过去了整整25年。那一天是大年初二,欧阳自远带着4名学生,与探月工程的总指挥栾恩杰下了趟馆子。他特地开了一瓶茅台酒,举杯时声音有些颤抖:"所有努力都是为了今天,我们很幸运。"

中国的探月工程分为三步——绕、落、回,即一期突破绕月探测关键技术,二期突破月球软着陆、月面巡视勘察等技术,三期突破月面采样和返回地球等技术。因此,一期开始的2004年被称为绕月探测工程的开局年,这之后便是3年的攻坚时光。3年里,每一个项目都离不开欧阳自远的参与,70多岁的他每晚只能睡三四个小时,在各个对接城市来回穿梭。

2007年10月24日,"嫦娥一号"绕月卫星在西昌发射,它需要进入距月球200千米的使命轨道才算成功,而这个过程需要13天。

回忆当时,欧阳自远仍然心情激动:"我们熬着睡不着觉,忧心忡忡。我害怕得手心流汗,怕它没抓住轨道。13天后,卫星终于上了轨道,我从来没那么激动过,抱着孙家栋(探月工程总设计师),两个七老八十的人说不出话来,眼泪一直往下流。"中央电视台的记者在一旁问他的感想,他脑袋一片空白,只能哭着说:"绕起来了!绕起来了!"

2010年10月,"嫦娥二号"卫星升空,新的奔月轨道试验开始;2013

年12月,"嫦娥三号"探测器登陆月球,并陆续开展了"观天、看地、测月"等任务,标志着探月工程二期目标的实现;如今,作为"嫦娥三号"备用卫星的"嫦娥四号"也成功完成了登陆月球背面的任务。未来,欧阳自远还要全身心地投入探月工程第三期,即"嫦娥五号"的工作中。

聊起探月计划,最令欧阳自远动容的,是说起"嫦娥一号"最终命运的时候。2009年3月1日,"嫦娥一号"完成所有绕行任务,将按照计划撞向月球,葬身太空。那是欧阳自远最心痛的时刻,呕心沥血10年,"嫦娥一号"犹如自己的孩子。他声音有些哽咽:"'嫦娥一号'最后在我们的控制下,飞了一刻钟、1469公里,撞在丰富海,粉身碎骨。它真的是一位'英雄',为了国家的利益而献身。后来我说,以后不要撞了,所以'嫦娥二号'的命运好多了。它完成自己的使命后,我们找了个活儿给它干,让它去'监视'一颗名为'战争之神'的小行星。"

他将"嫦娥一号"称为英雄,将所有的"嫦娥号"比作自己的孩子,这便是一位科学家的柔情。

三

在"嫦娥工程"中,欧阳自远的身份不仅仅是探月计划提议者、探月可行性报告的提交者、首席科学家……他还有个特殊的身份——移动的演说家。

近些年,他几乎每个月都要参加三四场探月报告会。这样的会议在2004年前后最为频繁。当时,外界对探月仍然持质疑态度。大部分质疑针对的是工程所需的14亿元的预算。

"大家觉得我们在地球上有那么多事要做,西部要开发、东北要振兴、中部要崛起，还有贫困人口问题没解决，到月球上瞎折腾什么？何况20世纪美国和苏联搞了108次，现在中国人再做值不值，有很多很多的质疑。"

作为首席科学家，欧阳自远只能反复解释，像战国时期的苏秦、张仪，不断在人群中游说。那时，年近七十的他随身携带笔记本电脑，亲自撰写稿件，写了20多个版本的演讲稿。他对记者解释："从官员、科学院院士、大学生到中学生、小学生，都必须让他们听得明明白白。"粗略统计，至少已有10万人听过他关于探月工程的演讲。

最著名的例子便是拿北京地铁做比较。当时，北京市政府公布，地铁造价1公里7亿元，于是欧阳自远略带玩笑地跟大家说，地球到月球大约38万公里，但探月工程一期也就花了修筑北京地铁2公里的钱。他说："其实我想让大家了解，我们就使14个亿。"

他希望以最平实的语言让公众理解科学、对科学产生兴趣、亲近科学、热爱科学。"如果听众没听懂，或者觉得没意思，那一定是演讲者的问题。"

10多年来，欧阳自远每年都会对自己的科普报告做统计——平均每年52场，面对面的听众3万余人。

2018年，欧阳自远在一次采访中说："我已经83岁了，要完成的事情太多了，我觉得可能做不完，所以希望能够多一点时间把它做好。"

耄耋之年的欧阳自远将人生余下的岁月和奔月梦想紧紧联系在一起，他相信自己一定能亲眼看到月球上留下中国人的脚印。

（摘自《读者》2019年第6期）

芳华无悔

徐海涛　屈　辰　何　伟　农冠斌　卢羡婷　朱丽莉

她的一生，定格在芳华绽放的 30 岁。

她从北京师范大学硕士毕业，放弃在大城市工作的机会，回到家乡革命老区百色；她选择到贫困村担任第一书记，把双脚扎进泥土，为脱贫攻坚事业殚精竭虑；她忍痛告别重病卧床的父亲，连夜冒雨奔向受灾群众，面对危险坚定前行，不幸遭遇突如其来的山洪，年轻的生命永远定格在扶贫路上……

她就是广西壮族自治区百色市乐业县新化镇百坭村第一书记——黄文秀。

朝着受灾群众的方向

每当进入雨季,广西百色大石山区时常遭受洪涝、塌方、山体滑坡等自然灾害侵袭。2019年6月16日晚,电闪雷鸣、暴雨倾盆,一条从百色市通往乐业县的山路被突如其来的山洪淹没。黄文秀在驾车返回乐业县的途中遭遇山洪,不幸遇难。

车前风挡玻璃上的雨刮器高频地刮动,却看不清车灯下前行的路,只有滚滚洪水从眼前涌过……从黄文秀最后用手机拍下的画面,可以看到当时的情景是何等危险。

在单位的工作群里,同事们纷纷给黄文秀留言:"太危险,赶快掉头!""注意安全!""不要走夜路……"然而,凌晨1点以后,群里再也没有了黄文秀的回复,她的电话也打不通……

救援一直在紧张地进行,等待的时间令人煎熬,黄文秀的家人、同事、朋友的内心仍然抱有希望。然而,6月18日传来的却是噩耗。

同事们的劝阻、父亲的挽留,都没能留住黄文秀。

黄文秀利用周末回家看望做完第二次肝癌手术的父亲,看着天气突变,于6月16日急着返回百坭村。病床上的父亲非常担心,说:"天气预报说晚上有暴雨,现在开车回村里不安全,明早再回吧。"

"正因为有暴雨,我更得赶回去,怕村里受灾,我得马上走了。"面对父亲的挽留,黄文秀叮嘱了一句"按时吃药",便启程回村。谁也没想到,这竟成了黄文秀留给父亲的最后一句话。

一路上,她不断与村党支部和村委会干部联系,询问当地雨势和灾情,特别叮嘱要关注几个重点村屯,要立即组织群众防灾救灾。

回忆起当晚的情况,村党支部书记周昌战几度哽咽:"在那么危险的情况下，她想着的却是村里的灾情……"

我就是要回去的人

1989年出生的黄文秀性格开朗、活泼。同学们对她的印象是：爱美，喜欢穿裙子，会弹古筝，写得一手好字，有一点空闲时间就专心致志地学画画。她身上总是散发着一种热情阳光的感染力。

时间来到2016年的毕业季。位于人生的十字路口，不少同学都在为找一份不错的工作而操心。黄文秀也有许多选择，但她没有留恋都市的繁华，毅然回到革命老区百色，作为优秀选调生进入百色市委宣传部工作。

百色位于广西西部，自然条件较差，是广西脱贫攻坚的主战场之一。2018年3月26日，黄文秀响应党组织的号召，到偏远的乐业县百坭村担任第一书记。

有同学问过她，为什么要放弃在大城市工作的机会，偏偏回到贫穷的家乡？她回答："很多人从农村走了出去就不想再回去了，但总是要有人回去的，我就是要回去的人。"

了解黄文秀的人都说，她是一个懂得感恩的人。由于父母亲身体不好，家境贫寒，黄文秀通过国家的助学政策完成了学业。上大学后，她积极向党组织靠拢，并以自己品学兼优的表现，成为一名共产党员。

黄文秀在入党申请书中写道："只有把个人的追求融入党的理想，理想才会更远大。一个人要活得有意义，生存得有价值，就不能光为自己而活，要用自己的力量为国家、为民族、为社会做出贡献。"

黄文秀的父亲理解女儿，也支持女儿的选择："你入了党，就要为党工作，回到家乡做一名干干净净的人民公仆。"

我心中的长征

石山林立的百坭村是深度贫困村，全村472户中有195户贫困户，11个自然屯很分散，最远的屯距村部13公里，好几个屯和村部的距离都在10公里以上。初到村里，黄文秀就碰了钉子。

"我们这里穷了那么多年，真的能脱贫吗？""你一个女娃，能行吗？"一些村民议论纷纷。黄文秀一开口就是普通话，敲贫困户的家门时甚至会吃闭门羹。好不容易进去了，打开笔记本，群众却不愿多说。

脱贫攻坚时不我待，必须尽快打开工作局面，黄文秀急得哭鼻子，晚上回到宿舍整夜睡不着。

要取得群众的信任，就要从内心把群众当亲人，急他们所急，想他们所想，真正和他们打成一片。黄文秀请教有驻村经验的同事和村里的老支书，悟出了这些道理。她改变了工作方法，到贫困户家不再拿着本子问东问西，而是脱下外套帮助他们扫院子、干农活；贫困户家里没人，她就去田里，帮他们摘砂糖橘、种油茶，一边干活，一边唠家常；她不说普通话了，学着说方言……

53岁的贫困户韦乃情回忆起黄文秀，泪水在眼眶里打转。老韦清楚地记得，黄文秀往他家跑了12次，细心了解他家的实际困难，分析贫困原因，商量对策，帮他申请扶贫贴息贷款。韦乃情种植了20亩油茶，2018年顺利实现脱贫。"她一心一意帮我，像我的女儿一样！"韦乃情说。

黄文秀周末经常不回家。她走访了全村所有的贫困户，还绘制了村里的"贫困户分布图"，每一户的住址、家庭情况、致贫原因等，都一一标注在笔记本中。

群众从开始接纳黄文秀，到打心眼儿里喜欢她、敬重她。一些人开玩笑说："你这个女娃娃还真是'难缠得很哩'！"

山路太远，黄文秀还要不时去镇里、县城开会，为了提高工作效率，她将私家车开到村里当工作车用。到2019年3月26日驻村满一年，汽车仪表盘上显示的里程数正好增加了2.5万公里，当天她发了一条微信朋友圈："我心中的长征！"

黄文秀曾对朋友说："长征中，战士死都不怕，在扶贫路上，这点困难怎么能阻止我前行？""作为驻村第一书记，不获全胜，绝不收兵！"

干出一片新天地

扶贫之路充满艰辛。黄文秀白天走村串户访问贫困户，分析致贫原因，晚上与村"两委"研究脱贫对策，制订工作方案并全力推进落实。夜深了，她一个人孤零零地住在村部一间面积不足10平方米的小屋子里。

她给村里的扶贫工作群取了一个响当当的名字——百坭村乡村振兴地表超强战队。

没有脱贫产业就不能实现可持续发展。为了解决山里的产业短缺问题，黄文秀带领村干部和群众学经验、找路子，立足当地资源，大力发展杉木、砂糖橘、八角、枇杷等特色产业，请技术专家现场指导，挨家挨户宣传发动，鼓励党员带头示范。

让农产品能够对接市场是实现贫困群众增收的关键环节。百坭村的砂糖橘种植从500多亩发展到2000亩，为打通销路，黄文秀多方联系，把客商邀请到村里来，还在微信朋友圈发销售信息。云南、贵州等外省果商来到村里，一次性收购几万斤砂糖橘。大卡车一辆接一辆地开进来，把村里的道路塞得满满当当。

黄文秀的奔忙带来了她渴望的收获，昔日的贫困山村发生了变化。2018年，百坭村88户贫困户实现脱贫，贫困发生率从22.88%下降到2.71%。

2019年6月14日，黄文秀穿着印有"第一书记黄文秀"的红色马褂，双手撑在黄土上，爬到河沟边查看被暴雨冲毁的水利设施，当晚就组织村干部制订了抢修方案。她计划回村后立即实施，避免影响群众生产。

这是她在村里留下的最后背影。

青年的榜样

2019年6月22日上午，百色市殡仪馆，黄文秀的骨灰被安放在鲜花翠柏丛中，上面覆盖着鲜艳的中国共产党党旗。告别的人群中，一位瘦弱的老人久久地凝视着上方的遗像，老泪纵横。他是黄文秀的父亲黄忠杰。

在生前发的最后一条朋友圈消息中，黄文秀展示了她买给父亲的营养品。身患癌症的父亲明白，除了脱贫大事，女儿最惦念的就是他的身体。

经过两次手术的黄忠杰吞咽困难，但他说自己一定会坚强："我现在每天都努力吃东西。虽然很难吃下去，但为了让文秀放心，我也要拼命吞下去……"

父亲曾这样对女儿说："没有共产党，我们家不可能脱贫。"黄文秀选择回到家乡工作，他很欣慰，常常叮嘱她认真为党工作，为群众办事。

望着手腕上的银手镯，黄文秀年过六旬的母亲悲痛不已。2019年的妇女节，黄文秀给妈妈买了这个礼物，手镯内侧刻着4个字——女儿爱你。

黄文秀的同事、同学、朋友们都知道，这个懂事的姑娘深深地爱着她的亲人。但是，作为第一书记，她心里始终装着村里的贫困群众，为了群众,她常常顾不上亲情。

"文秀的生命正值芳华却戛然而止,令人无比伤痛。她坚守初心使命,用生命践行了一名共产党员对信仰的无比忠诚,无愧于'时代楷模的称号。"黄文秀的好友、曾经在百色市凌云县上蒙村担任第一书记的路艳说,"她是我们青年的榜样,将激励我们为党和人民的事业勇于担当作为。"

"芳华虽短,但灿烂地绽放过,馨香永存!"黄文秀去世后,她的朋友李黎看着文秀的画作,忍不住泪流满面。黄文秀留下的两幅画,一幅是父亲背着小女儿的素描,温馨动人;另一幅水彩画上,金黄的向日葵正迎着阳光绽放。

(摘自《读者》2021年第7期)

和平年代的守护神

霹雳蓝

当你在互联网上清晰地看到一位缉毒警察的照片时，意味着什么？意味着，他已经牺牲了。

9月，正是秋高气爽，金风飒飒的日子。27年前的9月，是云南缉毒警察张从顺牺牲的日子。

1994年9月，在一次特大跨国毒贩抓捕行动中，张从顺和战友遭到毒贩的暴力反抗，最后毒贩引爆手榴弹，为了保护战友，张从顺壮烈牺牲。

当年，他最小的儿子张子权只有10岁，刚懂得离别的含义。泣不成声的张子权，用小手抹去满脸的泪水，哽咽道："我一看见爹爹的照片，就想哭。"

2020年4月，记者再次采访张从顺烈士的家人。此时，张子权已经不能露脸——义无反顾地，他也成了一名缉毒警察。

1

很多年前,我看过一部关于卧底缉毒警察的纪录片,镜头里被打码、变声的警察说:"和毒贩打交道,就是和亡命之徒打交道。缉毒警察是最危险的职业,毒贩经手的毒品基本以公斤甚至吨来计算,他们非常清楚自己是被判了死刑的人,所以一旦和警察交手,都抱着鱼死网破的极端心理。"

几乎是警察喊"不许动"的同时,毒贩已经举起了枪。

据说毒贩有一个不成文的规定:运送1公斤毒品,配一颗手榴弹;运送3公斤毒品,配两颗手雷;运送的毒品超过5公斤,就配一把勃朗宁手枪、数颗手雷甚至小钢炮。

当场牺牲的缉毒警察不计其数,幸存下来的,受伤率达100%。可以说,每一位缉毒警察都是遍体弹孔,满身刀伤。

2

1994年9月1日,在抓捕现场,张从顺和战友王世洲扑过去的同时,毒贩拉开手榴弹,"嘭"的一声,张从顺和战友瞬间成了血人。

"王世洲的胸口直接被炸成蜂窝状,张从顺整个小腿肚都被手榴弹炸没了……"

抓捕结束后,作为所长的张从顺,认为自己的伤不重,坚持先送重伤的战友。最后,只剩下张从顺了。此时,他处于严重失血的状态,没走多远,他的头就垂了下去,再也没能抬起来。

20多年了,那群中弹流血都没哭过的铁骨铮铮的汉子,在谈起牺牲的战友时，眼泪还是止不住扑簌簌地往下掉。

张从顺走了，抛下妻子和3个儿子。

失去至亲的痛，就像一道永远不会愈合的伤疤。

长子张子成极力克制着颤抖的声音，说："他跑遍了这里所有的地方，每一个角落都好像有他的身影。"

3

作为张从顺的妻子，彭太珍既要面对自己失去丈夫的痛苦，还要面对孩子们失去父亲的崩溃。但她始终表现得非常克制，极少流泪。

正是这样一位看似平凡的母亲，数十年如一日地践行着伟大的定义。

亲人因禁毒事业牺牲，一般人家大多不愿意自己的孩子重走老路，这是人之常情。但在这个家庭，父亲的牺牲反而坚定了3个孩子的信念：长子张子成，成为镇康县公安局凤尾派出所教导员；次子张子兵，成为临沧市公安局交警支队民警；三子张子权，像父亲一样，站在禁毒的一线。

面对孩子们的选择，彭太珍说："如果仍然选择这份职业，就一定要做好。"

3个儿子也非常了解母亲："就算担心，她也不会说出口。再说，不可能因为危险就不去做这件事情。再危险也不过是牺牲，对不对？"

4

就在父亲牺牲的那个夜晚，10岁的张子权直接跳过少年的不谙世事，认定了奉献一生的目标。

2007年，张子权毕业，一开始并没有在禁毒一线，而是历经了多岗位的磨炼。4年后，张子权认为自己足够成熟，不会给父亲丢人，才主动申请调入禁毒一线。

很快，他就成为禁毒战线上的一员猛将。为成功侦办生产制造K粉原料的团伙案件，张子权冒着生命危险，在境外原始森林蹲守跟踪毒贩20余天，最终找到制毒窝点；执行抓捕行动时，明知对方是武装贩毒，张子权仍主动请战；在确认目标车辆后，他第一个冲上去亮明身份，强行打开车门，和战友控制了5名毒贩，缴获毒品40多公斤。

"当时情况很紧急，对方迟迟不开车门。后来，我们在后备厢发现了一把枪。"张子权的同事回忆道。

从事缉毒工作9年间，张子权先后参与侦办重特大贩毒案件158起，缴获毒品27.7吨。

"每一次出任务，大家都会第一个想到他，每一个专案组都想让他加入。"

张子权总说："我还年轻，就应该多承担一点！"

2020年，出差在外的张子权得知单位要组建抗疫禁毒先锋队，第一时间请缨，奔赴抗疫最前线，到输入任务最重、条件最艰苦的防疫卡点。

在一起重大涉疫跨国违法犯罪案件发生后，张子权申请加入专案组。他与战友辗转多地，在30多摄氏度的高温下身着防护服、尿不湿连续奋战17天，最终抓获6名犯罪嫌疑人。

就在此时，张子权倒下了……

2020年12月15日19时，张子权同志经抢救无效、因公牺牲，年仅36岁的生命画下了句点，比当年他的父亲牺牲时，还年轻9岁。

5

父亲牺牲后,张子权曾说,母亲过得太苦了,以后要好好陪陪她。

但在面对"你父亲都牺牲了,别再干禁毒这一行"的劝说时,他又说:"如果怕死,就不当缉毒警察了。"一位缉毒警察许下陪伴的承诺,在心底里却早已做好随时赴死的准备。

26年前,在父亲的葬礼上攥紧了拳头、强忍泪水的哥哥张子兵,26年后,紧紧地抱着弟弟的骨灰盒,一言不发。

在张子权的追悼会上,那位平凡而伟大的母亲在众人的搀扶下,一眼又一眼地望向儿子的照片。她的眼里没有泪水,但无人能想象她心里的疼痛。

一如26年前的那个夜晚,这一次,失去丈夫和父亲的痛,将由张子权的妻子和女儿来承受。

张子权的女儿,只有5岁。扛下所有伤痛的妻子,只能一遍遍地告诉女儿,爸爸出差了。小女孩就一遍遍地给爸爸发微信:"爸爸,你什么时候才能回来陪陪我?我想你了。"

6

在中国,几乎每天都有一名缉毒警察牺牲。缉毒警察,是公认的和平年代最危险的警种之一。据统计,中国缉毒警察平均年龄为41岁。这是什么概念? 1800年,人类的平均寿命是37岁。

也就说,今天,当一群人选择吸毒、贩毒时,另一群人就已经接受了比普通人少活30多年的结局。

在这个壮烈的群像中,我们不要忘记有这样一个家庭:两代四警,一对父子,相隔26年,倒在同一个岗位上。

无论时间过去多久,只要有人记得他们的牺牲,就有人记得贩毒、吸毒的恶果,中国的禁毒事业就有希望。

(摘自《读者》2021年第21期)

记录冰川消融的人

刘雪妍

云南梅里雪山西坡，人迹罕至。20多米高的黑色冰墙上有一小片茂密森林，夏日阳光下，冰块融化，开始松动，继而轰然脱落。哗啦声中，树木失去支撑，也跟着塌了下来。树枝和泥浆混着冰块流出冰河。

见过300条冰川的王相军，又一次目睹美景在眼前消失，他拍下视频说："冰川上的森林真是罕见，可惜没有了。"

那些沉寂数亿年的冰川，此前鲜有人类造访。一个人、一只狗、一辆摩托车，王相军在人迹罕至的冰川雪原探路，有时一面是高耸的冰墙，另一面就是万丈深渊，可他还是蹦蹦跳跳，像在家中一样自在，还兴奋地和冰川像朋友一样打着招呼，脸上笑出深红的褶子。

四川农村小伙儿王相军，是在西藏拍摄冰川的摄影师。这位"西藏冒险王"的每一次冒险，在视频网站上都有百万粉丝围观。粉丝们称他

"冰川哥"，或喊他老王，其实他只有 29 岁。因为长时间在高海拔地区工作，所以他肤色黑红，嘴唇爆满白皮，像是看不出年纪的荒野猎人。

沉醉于日照金山、喜马拉雅山和雪山深处的花海佛寺，为深不可测的冰川竖井震惊，也曾差点掉进正在消融的冰川湖泊，王相军的冒险从我国的云南、西藏到尼泊尔。这一次，他跨过山海去了西班牙，站在了联合国气候变化大会的讲台上。

意外的高光

接到工作人员的电话，说请他去联合国演讲时，王相军正在尼泊尔爬山。"联合国"这个词对他来说有些遥远，他第一反应——这是骗人的，直到收到联合国的官方邀请函，请他代表中国民间环保观察者，在气候变化大会的活动上分享他的冰川观察结果，他才相信。

背着装满脏衣服的登山包到了马德里，他还是觉得不太真实。虽然剪掉毛糙头发后精神了很多，但在一群西装革履的专家学者中，穿灰色T恤和夹克的他仿佛是个走错片场的闯入者。

他的演讲只有五六分钟，现场听众不多，其中有一些媒体人。"联合国最近发布的报告上说，全球平均温度将升高 3.2 摄氏度，"王相军停顿一下，低头看了一眼稿子，抬头说，"不敢想象那时地球会变成什么样子，会有多少冰川消失。"

展示和讲述自己拍摄的照片和视频时，他回到了熟悉的领域，语气顺畅了许多："冰川已经不是像原来那样一点点地融化，而是在大块地剥落。"

他的观察判断结果与学界的研究一致，世界冰川监测局的持续监测显示，全世界的冰川正在逐渐消融。就中国而言，和 20 世纪 50 年代相比，就有 82% 的冰川处于消融状态，总面积缩小了 18% 左右。

在联合国气候变化大会的交流中，自然资源保护协会的杨富强博士也提起，冰川融水是大江大河的主要来源，如果冰川消失了，大江大河也就没了。

王相军想到自己看到的很多冰川，内部已经完全融化成了空洞，认真地和博士讨论："水没有了，干旱就会加剧，庄稼收成也就不好。冰川与每个人都有深刻的关联。"

这个高中毕业的农村小伙儿没想到，自己最近认识的人，最低学历都是研究生。可好些埋头研究冰川多年的人远没有他见得多、走得深，正因为如此，他的记录才更显珍贵。

在联合国的发言结束时，王相军说："希望有更多人关注冰川，关注气候变化。气候行动，从记录开始。"

冰雪冒险

驱使他一次又一次出发的，不过是最原始的喜欢。因为这份喜欢，他没少受罪。

王相军走路时膝盖微曲，这是长期在冰雪中生活导致的风湿。2017年上半年，他在那曲做厨师，因为海拔高，厨房又特别潮湿，鞋里经常都是水，很难晾干，所以病情加重了。因为疼痛，那段时间他甚至连路都走不了，后来干脆辞职专心拍冰川雪山。

想要与冰川零距离接触，就要走到其深处。有一次，他循地图去一个山地冰川，到了之后才发现，这个冰川已经成了一片夹在两山之间的湖泊。早上，他踏着厚厚的冰面进入冰山，下午拍完照返回时，被太阳晒了一天的冰面已经不足来时的一半厚,刚走到湖中间,他就一脚踩空掉了进去。

好不容易挣扎着爬出来,头发和睫毛上的水很快结成了冰。并且,继续融化的冰面让他再次掉了下去。"当时我脑子里全是照片不能没了,都没想过自己都快没了"。

冬季,他用树枝上残留的沙棘果煮水,就着馒头果腹。在海拔4500米的荒原上他也能睡个好觉:在石头围墙的一角,用柴火横竖搭起框架,再把牧民在虫草季留下的破被子和油布一层层压好,小窝看起来还挺温暖。像王相军这样在荒野中甘之如饴的人委实不多,有网友说:"感觉老王在哪儿都能活,比专业人士都厉害。"

条件艰苦还好克服,可遇到野兽就不是开玩笑的了。2018年元旦,在亚龙冰川附近,王相军找了间牧民闲置的小木屋休息。熟睡时他被碎石砸醒,睁开眼才发现,屋顶伸进一只熊爪,努力去抓他还没吃完的饼干。

村民告诉过他,熊害怕金属声音和火光。他就赶紧玩命地敲起锅底,巨大的声音让熊有些焦躁。可能几分钟,也可能只有几十秒,但对他来说,是一段无比漫长的时间。终于,熊嘶吼着离开了。可他根本不敢继续睡觉,点燃所有木柴,睁眼到天亮。

"土豆"的到来是个意外。遭遇棕熊一个多月后,有一次,一只小狗钻进他的帐篷来偷腊肉,他发现后喂了它一些。到了他要离开时,小狗就一路跟着。他心一软,就把它带上了摩托,直播间的老铁们帮它起名"土豆"。

老王从此不再是孤身一人,土豆也成了"见过最多冰川的狗",开启了艰难的"狗生":在冰川侧碛垄的乱石堆里穿行,下雨被淋成落水狗,野外露营被藏獒咬掉一块肉垫,还被打了麻醉剂当作流浪狗抓走过。

在布加岗日冰山上拍照时，他把土豆留在山下，回头看到它也跟着爬上了冰塔林。他远远地喊："土豆，太危险了，不要过来。"莽莽冰原上，人和狗都显得很渺小，可一个小点却朝着另一个执着地跑去。

生计与追梦

2010年高考，王相军因重感冒失利。小时候他成绩很好，也梦想着成为一名学者。复读几个月后，他还是选择外出打工，离开家乡广安邻水。

父母托人在深圳给他找了工厂里的仓库管理和拖地的工作。因为不喜欢机器带来的压迫和拘束，也不想做毫无意义的重复工作，他很快就辞职了，满心只想挣破牢笼。

2011年，因为心系自然山水，他去广西流浪，在柳州爬山，睡在公园的树下，每天顶着一头露水起床，吃一顿4块钱的螺蛳粉，反而觉得心里安静了许多。后来在丽江街头，偶然看到公交车上的一张海报，巍峨的白色雪山让他惊艳，身边有人告诉他，那是梅里雪山，里面还有冰川。

他没钱坐车，就搭别人汽车的后备厢；买不起索道票，就徒步上山。他一路小跑，只用了8个小时，就从海拔2200米来到海拔4500米的冰川公园——即使是当地人，走上山也需要11个小时。

山间的冰川像一条银鳞游龙，从高高的雪峰一直延伸到山下，直扑江边。第一次见到冰川，他就被征服了。天快黑时，工作人员才发现，他居然是徒步上山的，给他补了一张儿童票就让他坐索道下山。

2012年，五彩斑斓的林芝又让他心动了，原来高寒地区也可以这么多姿。他当时月工资1100元，买了张780元的车票到了林芝，这一来，就再也没有离开过。

对于打工盖房、娶妻生子这样的生活，他没有一丝向往，他说："如果我回家，爸妈就要拼命挣钱让我成家，我不想拖累他们。"所以，离家9年，他主动切断了和家里的联系。

起初，他外出拍冰川和雪山，在微信朋友圈分享，同事们还以为那些照片都是他从网上下载的，没人相信那是他的作品。从2017年开始，他把这些作品上传到短视频平台上，没想到这为科普和环保的宣传提供了难得的素材，引起了大众甚至专家的注意。

有一次，他发现3个并联的冰川湖，上游冰川脚下的湖比较浑浊，中间的稍微清澈一些，下游最大的湖泊则蓝得像翡翠一样。他给网友解释，冰川运动时因为和山体发生摩擦，石头被磨成细粉，夹在冰块里，所以冰刚融化时水比较浑浊，经过阶梯式的沉淀过滤，越往下游就越清澈。网友们乐意听他讲这些知识，除了佩服就是感谢。

回　家

深夜12点，重庆街头依然灯火通明，远方西藏那些属于他的山野，此时早已乌黑静寂。王相军走在路上直播，他跟大家说："城市晚上一片通明，要烧太多煤了，我们应该节约用电。"

很多电厂烧煤飘出来的黑色粉尘，会深深融入冰川，加速它们的融化。他耐心地给老铁们讲着这些从联合国大会上学来的知识。

网友们跟他一起回忆：原来的冬天天寒地冻，大雪纷飞，现在则艳阳高照，少见雪花，空气中细菌多了，感冒要很久才能好，真的要好好爱护我们的家园。王相军赞同："我们就是要传播正能量，过低碳生活。"

他明白了那么多人采访他，是因为气候问题越来越严重，"要通过这个契机宣传，让更多的人知道环保的重要性"。

　　作为一个城市生活的逃离者，他不知道怎么用手机搜索周围吃喝玩乐的场所，也鲜和陌生人打交道，离人群越远，他越自在。他享受山里没有网络的与世隔绝感，白天等着看日照金山，晚上出门拍满天繁星，秋天去找冰川，春天拍阿里的桃花。去年夏天，表弟在视频平台上发现并联系上了他，妈妈一条一条看完他的视频：白净的儿子变得黝黑粗糙，爬着危险的冰川，说着他们听不懂的话，她既生气又心疼，可时隔9年见到儿子，所有情绪又都放下了。

　　喜马拉雅西北坡蓝湖，念青唐古拉山北坡、帕隆藏布江的源头雅隆冰川……王相军脑子里冰川融化的例子举不胜举。杨博士说，中国的冰川不仅养活了中国人，还养活了周围的27亿人。可是在西藏拍冰川的人太少了，王相军想尽量多拍，让自己的镜头成为桥梁。

　　离开户籍意义上的家，王相军要回到自然界的家去。他用镜头写给自然的这些情书，可能都会成为孤品。

（摘自《读者》2020年第5期）

珠峰队长

沈杰群

8个不甘平凡的普通人，包括每天生活两点一线的白领、卖掉自家小店的店主、背负沉重KPI（关键业绩指标）的销售、在成功与失败之间挣扎的创业者……2019年，他们和7名高山向导一起，在专业高山向导、队长苏拉王平的带领下，经历40多天的艰难攀登，终于成功登顶珠穆朗玛峰。

中国首部沉浸式体验攀登珠峰全程的纪录电影《珠峰队长》，记录了这支由普通人组成的民间登山队，朝世界之巅一步步靠近的攀登全过程。

作为川藏高山向导协作队（即川藏队）创始人，"珠峰队长"苏拉王平从事登山运动已有21年。在一次次向高海拔雪山进发的过程中，他渐渐有了一个"雪山电影梦"，想拍出一部珠峰电影，让少数人抵达的极致之美被更多人看见。

《珠峰队长》不仅展现探险者冲顶的热血,还真实记录了返程的不易,以及他们重返"日常"后的平静。登顶是热血梦想,返回才是人生。

从"放牛娃"到"珠峰队长"

苏拉王平出生在四川阿坝黑水县三奥雪山脚下的八家寨,这个仅有8户人家的山寨近乎与世隔绝,平日他们的经济来源是经济效益不高的种地、放牛、放羊和挖草药。

一次机缘巧合,国内优秀的攀登者孙斌、次落、马一桦等人来到三奥雪山进行登山考察,苏拉王平申请加入他们团队担任背工,自此开始了改变自己一生的登山之旅。

这是他第一次见识到专业的"登山",突然意识到,虽然自己从小就在这座山上放牛放羊,但从未真实认识过这座养育自己的大山。

"他们(登山考察队)把我带到成都。我才发现,哇,原来'靠山吃山'还有更好的选择啊!一座雪山火了,能够带动一个地区的经济。"

从事登山协作两年后,苏拉王平逐渐摸索出了属于自己的技术系统。回家探亲和从小一起长大的伙伴们相聚时,他萌生出一个大胆的想法:成立一支登山队。

"这些藏族伙伴们和我一样自小生长在雪山下,有着城里人所不能比拟的强大体能天赋和地形熟识度,以及灵敏的反应力、判断力,只要把登山技术以及服务意识培养起来,他们就是最优秀的高山向导。"

2003年10月,苏拉王平带着和他一起长大的6个兄弟,成立了"川藏队"的前身——三奥雪山协作队。

"刚开始成立队伍的时候很艰难,因为大家不懂这个行业,大家也不知道到底前途会怎么样。"苏拉王平说，早期他带着这些伙伴们培训大概3个月，不仅给他们传授登山技术，还自掏腰包给大家发放生活补贴。他笑言，因为这些兄弟们结婚早，个个都是家中的壮劳力，如果每天跟着自己学登山而没有收入，家人"肯定不放他们出来了"。

19年时间过去，川藏队从最初的7名队员发展为56名具有高山向导从业资质的藏族协作队员和10余名工作人员。"川藏队养活了差不多上百个家庭。"苏拉王平说，他兑现了他当初对老家小伙伴们的承诺：通过登山，不少队员已经开上了越野车，有的还在都江堰买了房子。"他们出来以后，眼界打开了，思想也打开了"。

而队长苏拉王平本人，也实现了从"放牛娃"到"珠峰队长"的人生逆袭。

高山摄影师，让普通人看到珠峰

"我们登山者经常讲，'身体在地狱，眼睛在天堂'，那是普通人看不到的景致。"苏拉王平说，他每次登山都想把整个登山过程记录下来，但文字和图片很难完整还原雪山攀登过程中的壮阔美景和惊心动魄。

中国目前大概有500多人登顶过珠峰，只有他们知道登上珠峰能看到什么。"我想让更多普通人在电影院就能身临其境地感受攀登珠峰、让更多的人了解珠峰。"所以他产生了用视频记录攀登过程的念头。

但专业的剧组很难上得了珠峰，"我能做的就是让我们的高山向导变成高山摄影师"。纪录电影《珠峰队长》的摄影师，不是从外面聘用的，而是苏拉王平从高山向导队伍中一手培养起来的。为了这部电影，川藏队准备了超过10年。

现在，川藏队内已培养了近10名可以在高海拔雪山攀登中拍摄的高山摄影师，其中还有4名无人机航拍手。

2019年4月8日，8名登山队员和川藏队7名高山摄影师这一行15人组成"珠峰登山队+珠峰攀登纪录片摄制组"，从成都出发前往尼泊尔。经历了40多天的艰难攀登，他们成功避开了珠峰大堵车，于5月15日登顶，成为当年全球第一支登顶珠峰的队伍。

苏拉王平说，高山摄影师除了要背负足够的氧气之外，还要额外背负器材和备用电池，等于全程负重攀登。在保证安全前提下，稳稳拍摄这条陡峭艰险的攀登路上的各种镜头，"他们才是真正的幕后英雄"。

另外，过高的海拔和极低的气温，对所有摄影器材的正常运转和保护提出高要求。为了防止电池因低温没电，摄影师们白天会把备用电池放在贴身衣兜里，晚上则塞进睡袋。

苏拉王平说，拍摄团队无意中创造了一项世界纪录：中国首部在8470.2米以上海拔完成无人机起飞航拍的珠峰电影。

在海拔8000米以上的"生命禁区"，航拍手必须冒着双手被冻伤截肢的风险摘掉手套，以保证精准操控无人机。其中一台无人机中途忽然失控，差点丢失。

"他们冒着生命危险将珍贵的珠峰镜头多角度全方位完整地记录了下来，拍摄的有效素材长达21个小时，无人机最高起飞海拔达到了8400多米。"苏拉王平说。

每个人都可以成为自己生活中的"珠峰队长"

苏拉王平对珠峰和拍一部攀登珠峰电影的执念有多深？他的手机和

微信号，尾部4个数字都是"8848"。

他说："2019年，我们终于准备好了。"

"拍这部纪录片的意义在于，很多年以后，等我80岁、90岁的时候，这部片子一定还会有很多人去看。"苏拉王平如是感慨。

在纪录电影中，这支民间登山队在尼泊尔的珠峰南坡集结出发，穿越裂缝深不见底的恐怖冰川，攀上高达千米的蓝色冰壁，爬过山体岩石断面的"黄带"，面对"窗口期"极端的恶劣天气和可能发生的冲顶"大堵车"，他们朝着世界之巅一步步靠近。

在一些观众看来，《珠峰队长》颇为耐人寻味的一点是，片子并没有在全员登顶的"高光时刻"结束，而是很详细展现了登山队下撤的过程。

苏拉王平解释，一次完整的登山过程，登顶固然算是成功，但是更多风险在下撤过程中，出意外可能性很大。"我觉得下山更危险。因为大家上山时很多路段是人出于本能反应往上走，拼了老命上去，感觉不到山体有多陡。往下走的时候你可能都不敢相信你是从这条路上来的，而且下山更需要体能。"

由于天天都在担忧每个队员身体状况和次日登山路线，攀登珠峰40多天，苏拉王平瘦了20斤。

一次成功登顶，会对普通人的生活带来怎样的影响？

《珠峰队长》结尾，温情展现了每个队员重返日常生活后的片段与感悟。

队员健健说："我需要去追求一些我生活以外的东西，追求其他的梦想。"

另一名女队员则表示，刚开始母亲反对她登山，因为毕竟很危险。"可是当我的母亲接触了登山的这些群体后，觉得他们非常的阳光正能量……女儿在做一件非常有意义的事情，所以她也由衷产生了自豪。"

还有一名队员"车夫"为了凑齐登珠峰的钱，卖掉小店，还借了一些钱。"做了这么多事情,有些人现在问我后悔不后悔,我依然认为我不后悔。人嘛,我想总得做一件自己觉得值得为它付出的事情。"

而队长苏拉王平,平日里也经常会去向导兄弟的家中看看,跟他们一起聊聊过去的登山经历。

"经历了珠峰生死攀登,我想说的是:活着真好,我们应该好好地活在当下,珍惜身边所有的一切。一个人一辈子可以不登山,但心中一定要有一座大山。我相信每个人都可以成为自己生活中的珠峰队长。"

(摘自《读者》2022年第20期)

音符飘过马兰花

王霜霜

2022年3月22日,河北省阜平县城南庄镇马兰村,上午还是阴天,下午天空飘起了雪花。奶奶出门遛弯回来,对白紫薇说:"邓老师去世了。"

白紫薇今年20岁,正读大学,之前在家里上网课。她曾是马兰小乐队的成员,跟邓小岚学过小提琴。

"不可能,您听谁说的?"白紫薇不相信。在白紫薇的印象里,邓老师留着干练的短发,眼睛亮亮的,爱笑,总是一副充满活力的样子。邓老师好像从不会老,也永不会离开。

几百公里外的白宝衡接到消息后,大脑一片空白。"我不知道怎么形容我的心情,邓老师整整陪了我13年。"

他现在是沧州师范学院音乐系的一名学生,曾是马兰小乐队的主音吉他手。他哭了一下午,拿起纸笔为邓小岚写了一首歌,取名《师生情》。

"光做事，不说"

2004年，一位短发、戴着眼镜、说普通话，"很精神"的女士来到孙建芝任教的马兰小学。介绍人称她是"邓拓的女儿"，想在这里教音乐。邓小岚给孙建芝留下的第一印象是"和蔼可亲，第一次见面就跟熟人一样"。那时的马兰小学只有一、二年级和学前班，孙建芝是仅有的两位老师之一，负责一、二年级的全科教学。

学校有4间房子，歪歪斜斜，因总漏雨，墙角被淋得乌黑。办公室用一个大树干顶着。"这太危险了。"邓小岚看着忧心地说。孙建芝说邓小岚当时没再多说什么。一年后，她和孩子们就搬进了窗明几净的新教室里上课。

"光做事，不说"，孙建芝说这是邓小岚的做事风格。当时，邓小岚每月的退休金900多块钱，回到北京后，她找兄弟姐妹商量，凑了4万块钱，给学校盖了4间新房子，还在教师休息室修了村里第一个冲水式的厕所。

2003年，邓小岚和晋察冀日报社的老同志们回马兰，为当年遇难的乡亲们扫墓，正好遇见了一群同来扫墓的孩子。那时，她刚从北京市公安局退休。"你们来唱首歌吧。"邓小岚满怀期待地说，没想到孩子们连国歌都唱不好。"不会唱歌的孩子多可怜"，看着孩子们，邓小岚内心一阵凄凉。

2004年，她决定来马兰村教孩子们音乐。差不多半个月，邓小岚就来一次马兰村。早上8点从北京出发，公交车换火车再坐长途汽车，到马兰村，天都黑透了。

没有分别心的温柔

邓小岚在马兰村的家中摆了7张桌子，黑板上画着五线谱，桌子上摞着一沓沓的乐谱。最多的是乐器，手风琴、小提琴、电子琴、吉他……由于年代久远，手风琴的背带开裂，键盘已经泛黄，还掉了不少琴键，像掉了牙齿的老人。教了孩子们唱歌后，邓小岚又开始教孩子们乐器。她把亲戚、朋友送的二手乐器从北京拉到马兰村来。2006年，邓小岚挑选了6个孩子，组建了马兰小乐队。

白紫薇原来不是马兰小学的。她听身边的大姐姐们说，从北京来了一位教音乐的老师，好奇地跑来看看。第一次来，她害羞，不敢进去，趴在教室的窗户偷看。一看到有人出来，立刻跑远了。

"想学吗？"邓小岚把她叫了回来。白紫薇见这个短头发的奶奶特别爱笑，就点了点头。那是白紫薇人生中第一次见到电子琴，她把手指放在上面，轻轻按了一下。在8岁的她眼里，这东西高贵且脆弱，她不敢使劲按。

白紫薇记得她会弹的第一首曲子是《欢乐颂》。练琴时，有时3个孩子共用一台琴，每个人伸出一只手，放在不同的音区。邓小岚回北京后，乐器在好几个家庭里流转。孩子们你练两天，我练两天。

只要是愿意学的孩子，邓小岚都教。有成绩不好、调皮的孩子来小乐队，引起成员的抗议。邓小岚安抚孩子们说："到了小乐队，老师还会教他的。""什么是好孩子？什么是坏孩子？调皮的孩子就坏吗？"2022年2月，在马兰村接受采访时，谈到这个话题，一向和蔼的邓小岚突然变得严肃："调皮的小孩不一定没毅力，面对喜欢的东西他就会很有毅力。"

邓小岚的温柔没有分别心。孙建芝记得当时班上一个男孩的妈妈是个智力障碍者，家里乱，有异味，见邓小岚要去她家吃饭，村民都劝她别去。邓小岚笑着说没事。一次，孙建芝还看见邓小岚给男孩洗头、理发。小学实行免除学杂费政策之前，邓小岚还为班上几个家庭贫困的孩子缴过学费。

浪漫的"老小孩"

邓小岚天性浪漫、文艺。在一篇回忆父母的文章里，她写道，上小学五年级时，她看苏联的芭蕾舞剧《天鹅湖》，一下子被迷住了，便用五彩笔写了一封信，告诉爸爸妈妈自己喜爱芭蕾，希望今后能学习芭蕾。父母对小孩的童稚幻想并没有打压，邓拓还画了芭蕾舞演员的速写画送给邓小岚，上面写着"祝小岚学习舞蹈成功"。

初二时，邓小岚提出到沈阳舞校去考试，父亲帮她联系了当地的战友，并把她送上了火车。到了沈阳，邓小岚想家，给家里写信。"小岚，接到你第一封来信，实在像黑夜里盼到了星星那样的高兴啊！你初次远行，总算一切顺利……"在信中，父亲表达了关切，又以平等友好的口吻与她商量未来道路的选择。父亲给她选择的自由，但又没因她退缩而指责她，完全把她当作一个大人来对待，这给邓小岚留下了很深刻的印象。最后，她放弃了复试，回了北京，并在1963年考入了清华大学工化系。

或是受家庭环境的影响，邓小岚总能以平等的态度对待学生。78岁了，邓小岚还充满了童心，说着说着话就唱起来，唱的多是儿歌，高兴时，手舞足蹈的，像个"老小孩"。2021年，马兰花合唱团为北京冬奥会开幕式表演排练，邓小岚去看望马兰小乐队的成员，一位不认识的学生对她喊"老师好"。等对方走后，她捂着嘴小声说："我才不是你的老师呢。"说完,还吐了吐舌头。

2009年,因为参与"重走红色之路"的拍摄,音乐人阿里去阜平采风。走到马兰村,看到邓小岚在教当地小孩唱歌,便住下了。他打算就在这里拍一部关于邓小岚和马兰小乐队的纪录片。白天,阿里拍小乐队,开着吉普车带着孩子玩,和他们的爸爸喝酒。晚上,就在老乡家的床上写歌。村民家灯光暗,他站在床上,拿着纸笔,对着灯写。写起来特别快,"都是有感而发"。"如果有一天,你来到美丽的马兰,别忘记唱一首心中的歌谣,让孩子们知道爱在人间,清晨的花朵,永远的童年……"这首歌被阿里用在了纪录片《马兰的歌声》里,词、谱被抄在一张大大的纸上,挂在邓小岚马兰村家中的客厅里。

韧　性

在众人眼里,邓小岚脸上总带着笑,但阿里见过她流眼泪。每次来马兰村,邓小岚都会在小本上详细地记上每天的教学计划。但有时,到了马兰村,一个来上课的孩子都没有,她难受得直掉泪。

很多小孩觉得好奇,刚来时有很大的兴趣,可学了两天就不来了。有的家长觉得"学了没用",耽误学习,也不愿让孩子来。邓小岚丧气过,但始终没放弃,她身上总有股韧劲。磕磕绊绊中,她带着小乐队走过了16年。

2013年,邓小岚有了在山里办音乐节的想法。"城市里有草莓音乐节,我们为什么不能给孩子们办一个山谷音乐节呢?"但这里一直以来都没有舞台。阿里把邓小岚的故事告诉了一位设计师朋友,设计师给马兰小乐队设计了月亮舞台,但因经费不足,月亮舞台的图纸一直没有启用。因陋就简，邓小岚找村民修建了鸽子舞台。

一片杂草地上有一块石头，一个生锈的栏杆，和几级砌得不规整的楼梯。这就是邓小岚建的第一个舞台——鸽子舞台。鸽子舞台的前身是一个羊圈，邓小岚找村民把羊圈拆了，用水泥垒起了舞台。阿里带着孩子们做了一个雕塑，在5条钢筋上裹上布，刷上漆，一层布一层漆……做成像一只鸽子，又像一个手掌的形状，意为"托起孩子们的明天"。

第一届音乐节来了三四千人，山坡上满满的都是观众。小乐队在台上演出时，天空下起了雨，雨后出现了彩虹，舞台旁一道瀑布飞流直下。随着音乐节的影响力越来越大，到第四届时，有国内20多支乐队和来自美国、非洲的乐队参加。

如今，鸽子舞台上的雕塑4根手指都已断了，只剩下一个大拇指。"之前是'托起孩子们的明天'，现在是'真棒'。"邓小岚打趣地说。

"回马兰"

1943年，邓小岚出生在阜平县易家庄村附近大山的一个破房子里。抗战时期，邓拓在马兰村附近游击"办报"。报社队伍常面临转移，邓小岚出生不久，就被寄养在马兰村周边一个叫麻棚的村庄。邓小岚喊收养她的农户夫妻"干爹干娘"，村民叫她"小岚子"。直至3岁，邓小岚才回到父母身边。

邓拓祖籍福建，但他把马兰村视为故乡。写《燕山夜话》时，他曾把"马南邨"（谐音"马兰村"）作为笔名。他给自己刻过一个章，上面写着"阜平人"，给女儿邓小岚刻的章上写着"马兰后人"。每次去马兰村，邓小岚都说是"回马兰"。

一直以来，邓小岚还有一个心愿就是把月亮舞台建起来，但一直没钱。2021年10月，邓小岚自筹资金建设的月亮舞台终于落成。这个舞台包含了邓小岚很多浪漫的想法，她给穿过舞台的那条湖取名"兰梦湖"；在演员休息室的楼梯栏杆上粘上了德彪西《月光》的谱子。2021年夏天，冒着酷暑，邓小岚一铁锹一铁锹地把上山的台阶铲了出来。

2022年，马兰花合唱团登上北京冬奥会开幕式舞台后，马兰村收获了许多关注，筹建马兰儿童音乐节和发展旅游都成了当地的重点工作。邓小岚频繁地往返于北京和马兰，为此忙碌。她所有的愿望、蓝图在2022年终于像列车一样启动了，但她却倒下了。

邓小岚的子女在讣告中写道："妈妈生前最后的18年里，把大部分时间和精力投入在河北省阜平县马兰村的儿童音乐教育，这给她带来快乐和满足；北京冬奥会马兰花合唱团的孩子们演唱的奥运会会歌获得世人高度赞扬，更将她的快乐推向高峰，她在自己生命的高光时刻离去，而且走得安详平静，这也是对我们最大的慰藉！"

在为邓小岚写的歌里，白宝衡写道："十几年之前，您来到马兰，您像一颗星星，挂在那天边，您让美妙的音乐进入我们心间，从此我们就不怕孤单……"

（摘自《读者》2022年第14期）

妈妈老师

侯拥华

"感动中国"2011年度颁奖盛典上,有一幕深深打动了我的心。

成都支教教师胡忠、谢晓君夫妇抛弃城市的优越生活,举家扎根高原支教,当选为"感动中国"人物。主持人介绍完他们的感人事迹后,请他们上台领奖。夫妇二人牵着女儿的手,挥舞着手臂从幕后走出来,步行至舞台中央,全场的掌声经久不息。

后来,主持人请他们坐下来。坐在夫妇二人中间的小女孩很快引起了主持人的注意,主持人笑着说:"和你们一家人见面的时候,其实我最想跟小姑娘说话。"

小女孩听了,羞涩的笑容浮现在脸上。

"听说你还有一个藏族名字,叫什么?"主持人一副好奇的样子,问她。

"田桑拉。"小女孩回答得很爽利。

"什么意思?"主持人皱了一下眉头,一副不解的样子。

"时光。"小女孩回答得很有力,看得出她对这个名字很满意。

"这个名字是谁给起的呢?"

"是一位藏族叔叔!"说完,小女孩就笑了,笑得很灿烂,仿佛那里面有一个传奇又美丽的故事。

原以为主持人要就此问下去,恰在这时,孩子的母亲谢晓君突然接过话头:"她是3岁半进的学校,进去后就一直跟藏族孩子们一块儿上课,一块儿玩耍,而且都住在集体宿舍里面。"母亲说这些的时候略有些激动,脸上也泛起几分自豪。

"她看见你的时候怎么称呼你?"主持人好奇地问。是呀,怎么会不好奇呢,是母女又是师生的关系,处理起来有些麻烦。叫妈妈吧,同学们会取笑你不懂学校的规矩,学校里哪有叫妈妈的呀;叫老师吧,连自己都会觉得口生,仿佛一下子就拉开了彼此间的距离。

"放假以后呢,她叫我妈妈;开学以后呢,她就叫我谢老师。"谢老师的这个回答很另类,让人意外。

"是你妈妈要求你这样的吗?"主持人转过脸,面向小女孩,进一步探寻。

"没有。"小女孩如实回答。

"那你为什么要这样称呼?"主持人更加不解。

"因为如果我叫妈妈,那些孤儿就会伤心他们身边都没有父母。"

听到此,许多人都被小女孩善解人意的想法深深打动了,禁不住泪水盈眶。多好的孩子啊,多美的童心,怎么会不令人动容?

(摘自《读者》2012 年第 15 期)

乘风破浪的"韩船长"

张博令

前不久,拥有近千万粉丝的环球旅行达人"韩船长",驾驶着自己的帆船,在2022年国际足联世界杯的举办地多哈升起了一面巨大的五星红旗。

"必须改变这种一成不变的生活状态"

"韩船长"名叫韩啸,1985年出生于四川成都的一个教师家庭。他从小就有些叛逆,不喜欢循规蹈矩。这种性格让他30多年的人生经历,丰富得像一本书。

高考失利后,18岁的韩啸跑到上海打拼。卖菠萝、端盘子、洗碗、在天桥上拉手风琴卖艺……他干过很多工作,但一点儿都不觉得苦。他说:"经历不同的生活,靠自己挣来的钱获取想要的生活,会让我觉得很兴奋。"

后来，有了一些积蓄的韩啸决定创业。他回到成都开了一家服装店，生意蒸蒸日上。26岁那年，他又拥有了自己的酒吧，赶上行业红利的他挣了不少钱。但3年后，他突然意识到，"必须改变这种一成不变的生活状态"。

从小热爱户外运动的韩啸，直接背着包出发，带着全部身家到毛里求斯开民宿、做潜水教练，在异国他乡从头开始。然而这次创业的结果并不乐观，他两年赔了几百万元。

性格倔强的韩啸没有气馁，开民宿不成，那就寻找新的方向。31岁那年，韩啸找到了一个"边玩边挣钱"的好法子——去欧洲做旅拍。喜欢旅行的他熟悉外国的风土人情，而且外语流利，会拍摄，会做美食。

细致周到的服务换来好口碑，旅拍让韩啸很快补上了开民宿的亏空，还赚了一些钱。再后来，他在旅拍中结识了自己的妻子。事业有成，家庭幸福，在朋友眼中，韩啸的人生像"开了挂"。

然而，韩啸骨子里就是一个不愿被生活困住的人。在海边开民宿、在欧洲做旅拍时，他带着客人四处出海玩水，多次听人说起航海经历，一颗航海的种子便开始在韩啸心里萌芽。

"我真正地明白了'活着回家'4个字的重量"

"有一天，当你意识到生命中最重要的事情是什么时，你就会毫不犹豫地放下所有。那一天，你才开始真正地活着，才知道自己是谁。"这是韩啸被问到为何选择卖房买船时，给出的理由。

2018年，韩啸花了半年时间，去美国学驾驶帆船，并考取了全球航海驾照。当时，为了省钱买船，他在租来的小轿车里睡了一个多月。

2019年3月，得到妻子和父母的支持后，韩啸卖掉成都的一处房产。加上手里的积蓄，他在北欧买下一艘单体帆船，他亲切地称其为"大白"。

从此，韩啸成了"韩船长"。无垠的大海上有美丽的风景，也有无数的挑战。"韩船长"经历过好几次死里逃生。有一次，渔线缠住了"大白"的螺旋桨，需要人工拆解。帆船所在海域靠近北极圈，海水温度接近0℃，"韩船长"先后跳进海里3次，才成功化解了这次危机。

从瑞典到德国的路上，"韩船长"和副手老顾遭遇了极寒、暴风、冰雹、雷暴、巨浪……有天晚上，狂风暴雨，船体剧烈晃动，他们用一根绳子把自己绑在船上，才没有被"扔"进海里。扛过了自然的挑战，又因码头太窄船开不进去，燃油不够且无计可施，他们在海上无依无靠地漂了三天三夜。

特种兵出身的副手老顾，在这次船靠岸后，放弃了跟"韩船长"一起环球航海的计划。此后，"韩船长"开始了一个人的环球航行。

在没人轮岗的日子里，他只能抱着方向盘吃饭。最难熬的时候，他九天九夜没睡过一个好觉，将闹钟设置成每隔20分钟响一次，就是为了让自己清醒地观察航行情况。"从那以后，每次出海之前，我都会不停地告诫自己，这可能是我最后一次航海。"

在海上摸爬滚打两年多，"韩船长"练就了一身本领。"每天你都要知道自己做什么，航行多少海里，风是怎样的，洋流是怎样的，哪里是最近的避难点……这些都得有非常精准的判断。"

但是，各种出人意料的危险状况频频发生：在英吉利海峡，8米的潮汐让"大白"无法进港，险些搁浅；在红海，"大白"的船锚被石头卡住；在黎巴嫩，"韩船长"遭遇武装士兵强行登船；2020年，他又因各国政策限制无法上岸补给，被迫在海上漂了115天才踏上陆地。相比这些，被有毒的马蜂"亲"了一下导致整张脸肿起来，倒显得没那么惊心动魄了。

在韩啸出发前，父母对他的叮嘱简单而沉重："活着回家。"他说："现在我真正地明白了'活着回家'这4个字的重量。"

幸运的是，每一次他都化险为夷。"韩船长"说："只有不断训练、不断学习、不断积累、不断克服自己的孤单和恐惧，你才能到达彼岸。"

"无论何时需要帮助，请在亚丁湾16号频道呼叫"

2020年4月，"韩船长"驾驶"大白"从埃及出发，途经苏丹、厄立特里亚、吉布提，跨越亚丁湾，抵达阿曼。亚丁湾是令无数水手谈之色变的噩梦，也是国际航海最高评级的危险区域——航海者要面对不可控的风向，更要面对随时可能发生的海盗袭击。

"韩船长"单人单船成功跨越亚丁湾用了10天9夜，共计航行799.9海里，耗费柴油150升。为了避开横行的海盗，他甚至特意选择在天气条件糟糕的情况下出海。

就在穿越亚丁湾的第二天，"韩船长"在海上偶遇了中国海军护航编队微山湖舰和银川舰，他激动地分别与他们通了话。"韩船长"说，中国海军舰队那一句"无论何时需要帮助，请在亚丁湾16号频道呼叫"，让他深刻感受到，身后强大的祖国就是自己环球航海之旅坚强的后盾。

"我没有钱，只有一颗勇敢的心"

"韩船长"有一个可爱的女儿小七。女儿让他懂得了为人父母的不易，他希望能给女儿安稳的生活。同时，他更希望女儿知道如何面对风浪："等她长大，我可以告诉他，爸爸是闯荡过世界的勇士。"

从2019年4月自瑞典的斯德哥尔摩出发，"韩船长"已航行上万海里，穿越诸多海域，走过20多个国家。千帆过尽，他成了自己的船长。

2021年5月，"韩船长"完成了单人单船穿越印度洋的挑战……这位现实版"航海王"的故事仍在继续，并且，他探索世界的征途已不限于大海——未来，他还计划尝试不同的极限挑战，"因为我想让世界知道，外国人能做到的，中国人也能做到"。

很多网友羡慕"韩船长"的生活，因为他摆脱了世俗的枷锁，重新定义了属于自己的活法。

有网友问"韩船长"："你很有钱吧？"

他回答："我没有钱，只有一颗勇敢的心。我们可能不必真的乘风破浪，但在面对自己的梦想时，要有一往无前的勇气。"

（摘自《读者》2022年第3期）

她在边境刻"中国"

雷册渊

这里是"中国西极"——新疆维吾尔自治区克孜勒苏柯尔克孜自治州（简称克州）乌恰县吉根乡。60年来，布茹玛汗·毛勒朵义务守护边境，在数万块石头上刻下"中国"二字。

有人说："在这里，每一座毡房都是一个流动的哨所，每一个牧民都是一座活的界碑。"

1

在中国2.2万多公里的陆地边境线中，新疆占了1/4，其中，最西一段的1195公里位于克州境内。在这段曲折边境线的褶皱深处，有一个并不起眼的点——冬古拉玛。它是克州250多个通外山口之一，是帕米尔高原上通往吉尔吉斯斯坦的一处边防要隘。

1942年,布茹玛汗出生在克州乌恰县吉根乡一个贫苦的牧民家庭。新疆解放后,脚下的这片土地终于有了庇护,日子一天天好了起来。父亲总对她说:"身后这片土地是我们的祖国、我们的家乡,无论发生什么事,都不能把自己的家守小了。"

她始终记得父亲的叮咛:"你的身后是中国。"出嫁后,布茹玛汗和丈夫来到冬古拉玛山口一边放牧,一边义务巡边、护边——防止人畜越界,同时为边防部队指路并提供生活帮助。

那一年,布茹玛汗一家被一场暴雨后的大洪水围困在一块高地上,水退后他们才得以逃生。劫后余生的布茹玛汗心想:如果我们死了,新来的人又怎么知道哪儿才是中国呢?

于是,不识字的布茹玛汗向人请教,学会了柯语和汉语"中国"的写法。每次放牧时,她就在石头上刻下"中国"二字。

"小的石头怕被风吹走,刻好字后还要用其他石头固定。"布茹玛汗说,"最开始没有工具,只能用尖石头刻,一天刻一块。遇到风雪天,手伸出来一会儿就冻僵了,要放进怀里焐一焐才能继续刻。后来有了铁锤和钉子,就能刻得快些,一天能刻好几块。"

60年过去,如今,在冬古拉玛山口的边境线上,到处是刻着"中国"二字的石头,连布茹玛汗自己也说不清到底刻了多少块。

有人给布茹玛汗算了一笔账:她每天在冬古拉玛山口上走一趟,至少20公里,保守计算,这些年她至少走了几十万公里。边境线上的一草一木都刻进了布茹玛汗心里,她不止一次说:"我熟悉冬古拉玛山口的石头,就像熟悉自家抽屉里的东西。"

1986年7月的一天,布茹玛汗像往常一样放牧巡边,发现一块界碑似乎被人动了手脚。她用棍子反复丈量界碑与自己所刻的一块"中国石"之间的距离，确认界碑位置不对。她立刻赶回家中，跨上马背，一路奔驰60多公里，赶到边防哨所报告。

后来，经过仔细勘察，我方确定，界碑确实被人向我国境内移动过。经过协商交涉，界碑又回到它原来的位置。

2019年，中华人民共和国成立70周年，布茹玛汗·毛勒朵被授予"人民楷模"国家荣誉称号。她说，自己没读过书，没做过什么惊天动地的事，但中国在心中。

2

麦尔干·托依齐拜克是布茹玛汗的二儿子。小时候，麦尔干不理解，妈妈为什么把他们留在家里，自己却跑去巡边、护边；除了管好自家的牛羊，妈妈为什么还要阻止邻居家的牲畜去山那边吃草。慢慢地，他似乎懂了。"每次上山，我们都能看见妈妈在石头上刻'中国'。这两个字看得多了，祖国和家乡的意识也渐渐在我们脑海中生根。"

冬古拉玛山口海拔4290米，地形崎岖险峻，天气变化无常，即使在夏天，夜里的气温也会降到零摄氏度以下。一年的大部分时间里，刺骨寒冷的狂风一场接着一场，把鸡蛋大的石头吹得满地乱跑。人在山梁上巡逻时，必须手脚并用，一边走一边抓住身边的荆条，稍有闪失，就会被风掀下山去……

这里是边防连官兵巡逻的最后一站，战士们走到这里时，往往已人困马乏、给养耗尽。布茹玛汗总会算好每月战士们抵达的时间，提前为他们准备好干粮和奶茶。

麦尔干还记得，自己16岁时的那个秋天，暴雨来得毫无征兆。那天直到天黑，原本预计当天抵达的8名边防官兵还迟迟不见踪迹。

布茹玛汗焦急万分，眼看情况不妙，她和麦尔干把馕和奶茶揣进怀里，披上塑料布冲进冰冷的暴风雨中。

母子二人深一脚浅一脚地向前摸索，几次差点儿滑下山崖。最后，他们俩在一处废弃羊圈里，找到了被困的战士。那时已是凌晨。

战士们看到布茹玛汗和麦尔干，真是又惊又喜。等他们接过二人怀中的食物时才发现，布茹玛汗已经冻得嘴唇发紫，无法站立。

还有一次，战士罗齐辉在雪地巡逻时被马掀翻，头撞到树干，失去了知觉。战友们发现他时，他的双脚已经严重冻伤。他们立刻抬起罗齐辉往不远处的布茹玛汗家赶。

看着罗齐辉冻得青紫的双脚，布茹玛汗心疼得红了眼圈。她一边把罗齐辉的双脚揣在怀里取暖，一边让麦尔干赶紧去杀羊——多年高寒山区的生活经验告诉她，若不及时将战士冻伤的双脚放进热羊血中浸泡，他的脚很可能就保不住了。

很快，热羊血端来了，布茹玛汗把罗齐辉的双脚放进去轻轻揉搓，之后又放入掏空内脏的羊肚里热敷。渐渐地，罗齐辉的双脚恢复了血色和知觉……

3

两年前，布茹玛汗的双膝做了骨刺手术，虽然恢复了行动能力，却已离不开拐杖。即使这样，她还是常常让麦尔干带她去山口看看。在布茹玛汗的影响下，她的5个孩子都成了义务护边员。

多年来，布茹玛汗义务护边的事迹在西陲高原上传颂，越来越多的牧民在放牧时主动承担起义务巡边、护边的任务。

27岁的古力司坦·库尔曼白克从吉根乡考入武汉大学，又回到家乡，成为一名义务护边员。在那个山口，他和同伴学着布茹玛汗的样子，刻了一块"中国石"，用油漆描了红。他们还种了几棵树，省下洗脸水浇灌它们，第二年竟然真的发了嫩芽……

"执勤房门口有绿树、有'中国石'，天气好的时候，能看见丰茂的牧草和满山的牛羊。守在那里，真的就像守护着自己的家。"在褐黄色的群山和皑皑白雪之间，最鲜艳的是房子周围的国旗。这里，是中国境内最后一缕阳光照射的地方。

（摘自《读者》2021年第15期）

寻纸记
周华诚

一页纸，在光线下显出温柔的质地。

我与它相见，是在浙江西部一个叫开化的山城，清婉的马金溪旁边，一座有古老樟树的村庄里。我特意到那里去看纸。

也许是天然对纸有一种亲近感吧，我去过很多地方，只要听说有手工纸，都会去找一找，看看造纸的手艺，聊聊纸的故事。听说开化有一种极为特殊的手工纸，便忍不住按图索骥地寻去了。

是在盛夏——阳光热烈，到老樟树底下的路口右拐，看到一个院子。遂叩门。木门吱呀一声打开，小院子里铺了一地阳光。

定睛细看才发现，那是一地的纸。

1

到开化访纸，访的不是普通的纸，而是珍贵的桃花笺。

"开化纸系明代纸名，又称开花纸、桃花笺。原产于浙江开化县，系用桑皮和楮皮或三桠皮混合为原料，经漂白后抄造而成。纸质细腻，洁白光润，帘纹不明显，纸薄而韧性好。可供印刷、书画或高级包装之用。清代的康、乾年间，内府和武英殿刻印图书，多用此纸，一时传为美谈……"

去年，我买了一本定价高昂的《中国古纸谱》，这是我所有藏书中最贵的一本——其中就提到了开化纸。

我们现在还能遇到这种纸吗？

不不不。开化纸早就失传了。它只存在于典籍中。

"开化纸原产地在浙江省开化县，史称'藤纸'，其工艺源于唐宋，至明清时期趋于纯熟，是清代最名贵的宫廷御用纸，举世闻名的《四库全书》就是用它抄写的，其质地细腻洁白，有韧性。然而由于种种原因，开化纸制作工艺已失传百余年……"

纸的种类有很多，造纸的原料和工艺也有很多。譬如说，楮皮纸的纤维较长，自古以来常用于书画创作。楮皮纸也比较坚韧，使书画作品可以长久保存，而当人们修复古籍和书画时，也往往会用到楮皮纸。

我的同学丹玲在她的文章《村庄旁边的补白》里，写了她故乡贵州印江一群造纸的人。这使得我对那个村庄里的人充满探究之心。后来，丹玲专门从合水镇千里迢迢地寄了一些手工纸给我。

那纸真好，坚韧绵实，细腻白泽，折一折也不起皱纹。我舍不得用。

还有一次，我在日本京都买到一些精美的笺纸，也舍不得用。如先贤所说，越美丽的纸，越不敢草率使用。有些漂亮的信纸，一直保留着，随着时间的流逝，竟染上些寂寥的色调。

2

木门开处，黄宏健蹲在地上，手里举着一张纸，迎着阳光眯眼细看。阳光洒了他一身。

他举着一张纸，像举着……什么呢？手帕？经文？我形容不好。只觉得眼前这个人如痴如醉。

他在读什么呢？

那不过是一张白纸，上面什么都没有。

有时候我会想，当一个人沉醉于某人、某事或某物时，一定是最幸福的。

我看着黄宏健读白纸，觉得这不是一个平常人。平常人哪里会这样痴呢？他在白纸上，于无声处，是要读出惊雷的。

曾经他也算是小镇上的有为青年——敢想敢闯，脑子活络，做什么都做得风生水起。比方说，十年前，他在开饭店；再往前，他打井；再往前，他开过服装店，开过货车跑过长途，也下苏州办过家具厂——哪里跟纸有关呢？

他甚至连开化纸都没有听说过——什么开化纸？什么桃花笺？

他开的小饭店在小镇上还有些名气，菜烧得入味。不知道哪天，有一群人在饭桌上聊到纸。那时黄宏健年轻呀，跟谁都能打交道，都能聊得起来。他烧完了菜，从后厨出来，解下围裙，客人叫他坐下喝杯酒，他便坐下了。小饭店总是这样，来来去去，都是些熟面孔。两杯啤酒下肚，黄宏健听人说到开化纸，颇不以为意：开化以前还造纸吗？

人家说，这你就不知道了吧，开化纸，搁在从前可是国宝啊！

国宝？黄宏健一听来了兴致：这么好的东西，现在呢，还有吗？

人家摇头：没了。

可惜。

不仅没了，连一个懂行的师傅都找不到——这个绝活，失传了！

就这么随随便便问了一句，没有人想到，许多年后，黄宏健却埋头走上了寻纸的道路。

这是一条几乎没有人走的路。你傻呀——风雨交加，泥泞不堪，你踽踽独行，你的前面、后面，没有一个人。

黄宏健哪里懂造纸呢？人家笑他，你又不是个读书人，书没读过几页，纸也没摸过几张，你学造纸干什么？

不如你找点擅长的事情做吧——人家说，你卖鞋、搞水电、钻井、开饭店，不是都很精通吗？做自己擅长的事才能挣钱，千万别去折腾什么纸了！

但是，当一个人一心想要做一件事的时候，没有什么可以拦住他。

黄宏健的小饭店跟别家不一样，他的小饭店里常有文人来，文人来了就写字画画。自从听人说过开化纸的事儿，黄宏健就着了魔，异想天开，想学造纸。

造纸还不简单吗？把稻草竹浆捣碎，沥干，就是纸。从前外婆带他认过一些草药植物，他从小在山野中长大，造纸还会比炒菜开店难吗？

他把小饭店交给妻子打理，自己东奔西跑，走上了造纸之路。只要听说邻县邻省哪里有造纸的作坊，哪里有懂得造纸手艺的老人家，他都去拜访；甚至听说哪里有人家祖上造过纸，他也会辗转寻去，跟人家聊聊。

方圆两百公里内，只要跟纸有关的地方，他都跑遍了。

回到家，他就窝在角落里搞科学试验。

他的科研器具，是一口高压锅。

小饭店不是还开着吗——他有时躲进后厨，一口锅里炖着鸡，另一口锅里煮着纸。

那时，他不知道这条路有多难，他只是怀着满腔热情。他要早知道造纸那么难，水那么深，估计早就不肯玩下去了。

造纸比什么跑运输、做地质勘探、打井、做厨师都难！难上一千倍、一万倍！

有一次，他去了省城，到浙江省图书馆查阅文献。他想看看用开化纸印的古书是什么样子。书调出来，他一看，好似被当头泼了一盆冷水，浑身冰凉。

他这才知道，自己造的那是什么纸呀，手纸还差不多。从前的开化纸什么样？你看一看，摸一摸，就知道了——那才是国宝！

要是换了别人，到此一定放弃了。

但黄宏健这人"轴"啊。他觉得，他造纸，可能是命中注定的。否则，他小饭店开得好好的，怎么突然就对造纸这件事痴迷了呢？

从图书馆回来，他搬回家不少书——《植物纤维化学》《制浆工艺学》《造纸原理与工程》《高分子化学》等，还有砖头一样又厚又沉的县志、市志。

为了一门心思造纸，他一冲动，把饭店关了。

他想，人家蔡伦能造纸，他怎么就不能造出开化纸呢？

2013年，他进山研究纸。

为什么要进山？因为家里地方小，摆不开摊子。他在山里整出个地方来，好有个腾挪空间。

结果，光是造纸这件事，一年就让他花掉了三四十万元钱。

这是他没有想到的。造个纸，怎么那么费钱？能不费吗，全国各地奔来跑去，看人家怎么造纸，听人家讲故事，去拜访专家，上北京、下广州，能跑的地方都去了。

造纸这件事，了解越多，研究越深，他越觉得压力大、差距大，造出开化纸仿佛是遥不可及的。

黄宏健迁居山中的地方，离村子三公里路，算是远离了人间烟火。夫妻俩进了山，村民都说这两个人是傻了。有钱不好好挣，不是傻吗？

傻就傻吧，他们不怕别人说闲话。就是屡败屡试、屡试屡败，让人看不到出路。

夜深人静，黄宏健扪心自问，早知道造个纸这么难，他一定不会来蹚这浑水。你看他现在，每天做什么——去山上砍柴，弄材料，打成浆，或者放进锅里煮，然后捞出来，在脸盆里晾干。他天天跟树皮、藤条、草茎子打交道，也不知道这事靠不靠谱。

最艰难的时候，他也想放弃。

半夜里，看见天上的月亮，山里特别宁静。他慢慢地觉得心静下来了，不那么急躁了。他想，或许是冥冥中有一种力量驱使他来做这件事的，这么一想，他便觉得生活好像没那么苦了。

3

开化纸到底有多难造？

有人认为，"开化纸，几乎代表了中国手工造纸工艺的高度"。

这句话也不是空口说说的。近代藏书家周叔弢就认为，乾隆朝的开化纸，是古代造纸艺术的"顶峰"。在古典文献领域，开化纸是一个极为常见的概念，因为在许多精美殿版古籍的介绍资料中，常能看到"开化纸精印"这样的描述。

"蔓衍空山与葛邻，相逢蔡仲发精神。金溪一夜捣成雪，玉版新添席上珍。"

这首《藤纸》，是明代诗人姚夔描写开化纸的。

商务印书馆董事长张元济，在1940年3月的一篇文章中不无遗憾地写道："昔日开化纸精洁美好，无与伦比，今开化所造纸，皆粗劣，用以糊雨伞矣。"

开化纸的制作工艺失传已逾百年，加上其制作技法未被文献记载流传下来，所有的工艺只靠历代的纸匠口耳相传，秘不示人，所以，想要恢复开化纸，其难度真不亚于登蜀道。

隐于山间的黄宏健到底是如何挨过一个个不眠之夜的，我们无从得知。唯有山野的蛙鸣、夜鸟的悠远啼叫，一波又一波地涌进简陋的房间。

直到一种植物"荛花"的出现。

在寻访中，黄宏健得知，从古代一直延续至20世纪80年代初期，在开化及广信府（主要是江西的上饶县、玉山县）地区，每年有采剥荛花、官方采购的惯例。

荛花是什么？继续探究，发现荛花是开化土称"弯弯皮""山棉皮"，玉山土称"石谷皮"的一种植物。老人们口传是用于造银票的，后来用来造钞票。

黄宏健于是按浙江、江西的中草药词典，查到这种植物的学名——荛花，顺势开展种类、储量、分布、习性等的调查。

经过多年的田野调查和反复试验，黄宏健渐渐厘清了开化纸的原料构成和制作流程。北江荛花，这种在高山上广泛分布的植物，正是开化纸的主要原料，而且荛花有一定的毒性，用其制成的纸可防虫蛀，千年不坏。

山重水复疑无路，柳暗花明又一村。

2014年深秋，黄宏健写下一首诗："世闻后主名，未谙南唐笺。纸里见真义，欲辩已无言。"

有人跑去深山里看他。在那幢深山中的土房前，黄宏健眼里的期盼，令人过目难忘。

终于，独行者不再孤独。2013年11月，由黄宏健、孙红旗等人发起成立的开化纸传统技艺研究中心获批，成为开化县民办非企业单位，获得了县委、县政府的支持。

2015年7月，心系中华古籍保护事业的中国科学院院士、复旦大学原校长杨玉良，出任开化纸传统技艺研究中心高级顾问，着手组建院士工作站。

在开化山城行走，我有时不免会惊讶，觉得这座小小的山城，为何藏了这么多的传奇。

在乡野，在市井，一张迎面而来、神情淡然的面孔背后，说不定就有着非凡的经历与故事。

有一次，黄宏健终于进入国家图书馆专藏室，与文津阁版《四库全书》相见。戴上手套，他摩挲着用开化纸印成的古籍，一时之间百味杂陈。

（摘自《读者》2019年第16期）

致 谢

2022年10月16日，举世瞩目的中国共产党第二十次全国代表大会在北京召开，大会为我们今后的前进指明了方向、擘画了蓝图。党的二十大报告第八部分"推进文化自信自强　铸就社会主义文化新辉煌"为今后的文化工作提出了更高要求。在深入学习领会党的二十大精神的基础上，甘肃人民出版社按照党的二十大报告"实施全民道德提升工程，弘扬中华传统美德"的要求，策划了以"中华传统美德"为主题的新一辑"读者丛书"。丛书共10册，分别以"仁爱孝悌""谦和好礼""诚信知报""精忠报国""克己奉公""修己慎独""见利思义""勤俭廉政""笃实宽厚""勇毅力行"为主题，从历年《读者》杂志、各类图书及其他媒体上精选了600多篇美文汇编而成，我们希望通过一篇篇引人深思的文章或一个个感人至深的故事，让广大读者进一步加深对中华传统美德的认识，让这一美德在中华大地上能够得到更加广泛的传承和弘扬。

与往年一样，《读者丛书·中华传统美德读本》的策划、编辑、出版得到了中共甘肃省委宣传部、甘肃省新闻出版局以及读者出版集团、读者杂志社等各方的指导和帮助，在此深表谢意！丛书的编选也得到了绝大多数作者的理解和支持，他们对作品的授权选编和对丛书的一致认可解除了我们的后顾之忧，对此我们表示诚挚的谢意！虽然我们尽力想把工作做得更细致、更扎实，但因为种种原因依然未能联系到部分作者，对此我们深表歉意，也请这些作者见到图书后与我们联系。我们的联系方式是：甘肃人民出版社（甘肃省兰州市曹家巷1号，730030，联系人：李依璇，电话：13893216265）。

读者丛书编辑组

2023年10月